当代作家精品·散文卷　主编　凌翔

永乐街

黄小龙　著

北方文艺出版社
·哈尔滨·

图书在版编目（CIP）数据

永乐街 / 黄小龙著 . — 哈尔滨：北方文艺出版社，
2023.3
ISBN 978-7-5317-5784-9

Ⅰ . ①永… Ⅱ . ①黄… Ⅲ . ①散文集 – 中国 – 当代
Ⅳ . ① I267

中国国家版本馆 CIP 数据核字 (2023) 第 022450 号

永乐街
YONGLEJIE

作　者 / 黄小龙
责任编辑 / 富翔强　　封面设计 / 邓小林

出版发行 / 北方文艺出版社　　邮　编 / 150008
发行电话 /（0451）86825533　　经　销 / 新华书店
地　址 / 哈尔滨市南岗区宣庆小区 1 号楼　　网　址 / www.bfwy.com

印　刷 / 涿州军迪印刷有限公司　　开　本 / 710 ×1000　1/16
字　数 / 120 千字　　印　张 / 13
版　次 / 2023 年 3 月第 1 版　　印　次 / 2023 年 3 月第 1 次印刷

书　号 / ISBN 978-7-5317-5784-9　　定　价 / 59.80 元

自 序

无法逃脱

鱼池头的高子水居就在我住处不远，有时念起，我就去那里走一圈。“五可楼”侧对着挥动翅膀的大剧院，万象城紧紧拽着它，生怕它飞走。每当夜幕低垂，情侣们沿湖穿过爱情地标“LOVE”广场。如果你恰好置身摩天轮，你看见夜空，也能看见大运河，看着看着会把你吸进去。

生活无论是现实的还是虚幻的，都属于每一个人。就像你写下的文字，你在合唱团里的和声，你敏感的心思。那些极端与朦胧的易碎感，透露着一些危险信号，所有人分辨不出你想要表达的情绪——没有结果的付出，接受了的死亡场景（其实更愿意绕开）。有些不是本意，有些是出错的记忆版本。日子在键盘里发出声响，时间被温柔地杀死。

“你来人间一趟，你要看看太阳，和你的心上人一起走在街上。”——海子。

永乐街——一条烟火气的街，十年前我来过这里，还举起相机对着它拍照。那些无声的祝福在发黄的相片里化为乌有。人生的不确定性，文字也束手无策。写作是潜意识里的一种本能，如同注入我们体内的疫苗，不断增强我们对抗人生苦难的“免疫力”。

童年回不去了。八百里外故乡的夜曾抚慰过我的心。我发现它的秘密，月光像蚂蚁一样移动，从一个世界爬向另一个世界。我骑上那匹绿色的马，追逐流逝的光阴。

只要还在写，真实而直接地表达困惑与成长，你就无法逃脱。

2021.04

目　录

第一辑　永乐街

第二辑　造梦者

第三辑　跨年

第四辑　从未离开过

第一辑　永乐街

执念

一

能否记录头颅里深层次的意识流，很多文字停留在肤浅现实的表面。我的身体怠速运作，围墙里的日子枯燥无味，藤蔓总想越过墙头的电网，砖墙往后仰，搂它们在怀里。

我走出院子去墙外探究它不倒的缘由，两只流浪狗不让我靠近，其中一只冲着我狂吠不止。我有所戒备，躲开一段距离，确定它不再跟来，我才松了一口气。它们带着犬类的病毒基因，发起疯来足以要我的命。听闻狗肉奇香无比，2010 年路逢某地狗肉节，屠宰场面触目惊心，哀号声不绝于耳。哪来这么多的狗呢。陪伴多年的狗狗，心里满满都是疼惜。

梦境真是个神奇的异域空间。热情的，矜持的，扑面而来，人生趣味一见高下。

头围、领围、胸围、腰围、裤长、鞋码，着装得体荣耀加持，再相貌平平的人也会变得威武神气。

“能不能开发一个软件，湖里有多少鱼，大数据露一手。”“大数据都是骗人的，真正的数据要花钱买。”这倒是挺颠覆的一个说法。

我去学校接孩子，校门口电子屏幕显示各个班级放学时间。家长里三层外三层，雨伞撑起一片无雨的低矮领空。伞，我都摘不下来。眼前一阵恍惚，夜幕扯下，暴雨呻吟着，闪电撕裂黑暗。一阵风刮过，我手上的伞柄晃荡起来。脚步声渐渐多起来，声音越来越响。

二

20 世纪末我在默姐夫毛巾厂里讨生活。冬夜的锅炉旁如同暖房，用几张方凳拼成一张“床”，连被子都省了。我的大脑里仿佛有个定时器，炉膛内煤烧空之前起身，铲几铁锹煤进去，然后继续躺下打盹儿。睡眠和现实之间开着大门，年轻时代不识苦滋味。

中午时分睡点到，座位后移，靠背放倒，车厢立马变成休憩的床，车窗户留一条缝。只要眯一刻钟，能抵晚上睡眠一小时，整个下午精神抖擞。

我耳朵里驻扎了一窝蜜蜂，说出的话甜到撩人。安静的时候，耳朵里嗡嗡响。默姐夫厂里每天两班倒，24 小时不歇，织机纱线经纬交错彼此沉浮，飞梭脱离地球引力。蒸棉纱、牵经、上轴、接线、织造，然后漂染师傅拉到漂染房，把毛坯螺旋状叠满，调制一定比例的配方，胚布既要色白，又要匀称。煮沸一个晚上，次日出锅烘干，再拉到成品车间，裁剪、印花，直接到烘房。干了再到成品车间裁剪折叠，纸箱打包。然后货车来提货，押往义乌。通常是付一批押一批，一个月四五趟货。除去给工人发工资，进棉纱，其他必要开支，剩下的钱再投资。

那时不愁销路，一条毛巾有几毛钱的利润。厂里生产小方巾、面巾、童巾、长方巾、浴巾，按工艺又有割绒、提花、印花三种。市场上畅销的花色出现，默姐夫立马拿去制版。

厂里女孩子一箩筐，人送外号“女儿国”。技术好的机修工，晚上基本不用起夜。纺织姑娘和机修工的爱情淹没在隆隆的织机声中，白色的帽子，白色的围裙，白色的回忆。青春不解风情，我心里还有股傲气，一眼望到头的生活不是我想要的。

院子里用铁链拴着一只大狼狗，它的耳朵在头顶高高竖起，始终保持一副冷峻威严的样子。人走上前它就扑过来，厂里人躲着，生人更不敢靠近。有一段时间，我觉得自己和那只大狼狗无异。只是我有思想，世界已经为我打开，它引诱着我。

厂房是由副食品仓库改造而成的。院子东面有六个宽三米高三米长六米的水槽。每年夏天，来自东阳的老板带着大队人马到这边乡下收购李子。他对厂里的人说：“李子你们可以随便吃，就是不要带走。”老板这样说，大家反而不好意思打李子的鬼主意。红心李子酸酸甜甜惹人馋，不知道老板施了什么魔法，兰溪马涧山里的李子都来这里集合。伙计们忙起来，一层李子铺满撒上盐，再铺一层李子，再撒盐，如此反复，直到水池装满再密封。两个月后，老板用水泵抽干溢出的果汁，果脯直接运走。

老许负责掸机兼门卫工作，他原本有一个幸福的家庭。后来前妻嫌他没本事，带着儿子改嫁，他从此一个人生活。前妻二婚并不幸福，毕竟血缘父子，断不了联系。每到发工资的日子，他儿子准时给他送霉干菜烧肉，老许开心得不得了。我的房间在老许隔壁。他一直馋我房间飘出来的扑鼻香味，那是我用老式电磁炉煮华丰方便面。通常我会在面里磕一只鹅蛋进去，直到现在我依然怀念它。寒冷的冬天，电磁炉通上电，“蚊香盘”用来取暖。当然，我也没少挨触电之痛，麻麻的，它让人又爱又怕。

我住的房间背靠溪西火车站，金千线上的一个小站点，从这里坐到金华西票价只要两块五。卡式硬纸板火车票至今还保存在老家洋房的阁楼，每张有个小豁口。它们承载着我和妻子的双城回忆，舍不得扔掉。

三

我曾有一段压抑的黯淡时期。书，我看不进去；手机，我把它扔在一米之外。文字排列，有很多种可能性，我就想找个人说说话。如果情绪有许多个出口，其中一个让给荷尔蒙发酵。“你别碰我！”我一声惊吓，妻子一身虚汗。

你知道吗？樱花飘落的速度是每秒 5 厘米。樱花最盛的时候如云似霞，人阅无数；败落的时候，雨打风吹去，壮烈凄美。

老身份证照片里的自己蓄着山羊胡，现在不能留了。人还是那个人，心境已大不同。下一次换身份证要到 2040 年了。20 年后，我在哪里？无尽的想象啊，糟老头子一个。希望那时的自己已实现绝大部分目标，岁月静好，人间皆安。

我的周围，各色人等生活在不同维度。就连生活垃圾，也分门别类。垃圾桶满了，一车车被拉走。我照镜子的机会一天也就几次，而且基本在洗手间。胡子生命力旺盛，一天一夜就能收割。鼻毛也是的，露出来总不是太雅观，冒出来就咔嚓剪掉。我的黑眼圈竟然那么明显，这是熬夜的证据，我要去芦庄菜场买几根黄瓜回来。赶走春困睡硬床，一个梦的时间点到为止，睡太饱和睡前喝咖啡效果雷同。每个人像是“突突”往前冲的引擎，我使出全部的力量。

文学关心被前进社会冷落的人，文学也照顾人心，我在文学里可以找到同伴、参照物和力量。

追求财务自由一直是我永不停歇的目标，在没有新的追求变成债务之前，“琴瑟在御，莫不静好”。

洗衣机也有梦想，滚筒走走停停，口吐白沫像是嘲笑我的碌碌无为。衣服上挂着家乡的日月和云彩，感激无锡对游子的深情。金城路闹忙，熟悉的无锡城回来了。五里湖水面像有跃动的金子一闪一闪，与中年男子的内心无异。总想掀起点什么，又无从下手。小区对面的钟楼敲了十一下，母亲煮饭前通常把大米放冷水里浸泡半个小时，煮熟的米饭口感更好。

四

我投身于伟大的时代洪流，感恩在不同阶段拉自己一把的人。年轻的时候我总以为自己可以改变世界，但是又无法成为像牛顿、爱迪生、孔子、老子那样的人。到了一定年纪锐气磨光，原来自己有多可爱。我现在发觉剃须刀才是时间收割机。如果时间有色彩那一定是黑色的，它布满我嘴唇四周。推开按钮启动，邋里邋遢一扫而光。残渣聚集在剃刀片裹挟的空盒子里，一粒粒，宛如尘埃。我轻轻拍打它们，时间竟然碎了。打开水龙头，残渣沿着下水道冲向地下。时间藏在光影里，细微地翻滚着，被人间吸收。这些都是有趣的事情。时间总会以某种方式保存下来，而我总想将它赶尽杀绝。它们和空气一样，被我呼吸，生成二氧化碳被我抛弃。最后我走出时间，与死亡为伍。

像五里湖清新的风，一路颠沛流离只为路过有你的城。你崇拜的，从来不会让你失望。心里有海，蓝色的海，我来渡你。赋予文字思想，它们如千军万马，带我抵抗人生风雨，这才是血性。太阳露了个脸，人间不值得，它又缩回去了。

琴瑟和鸣应该是爱情最美好的样子。体内的洪流出不去，正经的文字被不正经的思想统治着。房间墙上裂了一条缝，现出门框的轮廓，这里曾经有一扇门，它通向未知世界。靠墙摆放着两张单人床，住着两个头脑发热的年轻人，他们图谋从门外的现实里逃之夭夭。他们的梦想有时冲突，有时和解。

一匹忧伤的马，漆黑的眸子里寻不着明天的方向。主人的幻想在窗台的烛光里影影绰绰。一对抱着取暖的男女，顾及不到马的忧伤。咆哮一声，月亮受到惊吓，皎洁的月光铺满大地。烛火灭了，男人女人没了动静，他们缠绕成一条河，流淌在无声的岁月里。

现实没有太多的话可以说，却可以存着，交给未来发声。我们对过去的事情相对宽容一些，不合时宜的话要烂在肚里，像往自家地窖里藏酒一样守紧口风。所以很多话表达不出来，或是因一时的心绪而曲解了本意，给人一些不好的印象。很多事情不可操之过急，时间会让它们沉淀下来，给出客观的评价。我用文字记录生活的习惯停不下来。有时我觉得自己没有一件开心的事，人生的无奈、苦楚，不可开交。格非老师说："现在的年轻人把太多精力放在别人对自己的评价上，不够自信，不够强大。做自己的事，两耳不闻窗外事。做事情的时候就该抛开一切干扰，一定要有这样的定力！"现实中自己过于较真，有些事完全可以先放一放，让子弹再飞一会儿。写自己的故事，用自己的文字体系，而不是按素材组合，变成奇形怪状的多面体，没有灵魂。这是条死胡同。它应该在生活之外，如果我把它看得比生命重要，那我和父亲一样，染上了致命的CA，它们顽固地安插在心脑思维里，摆布着我。

五

手机让我随时连接世界，随时让别人找到我。手机充了一晚上的电，右上角闪着微弱的光，竟然只充了一半电量。充电线坏了，还是手机电池的问题？手机没电，对我而言是一件极其惶恐的事。我就要和世界失去联系，无线电波不再服务我。手机响了，仿佛有人揪着我的耳朵，身未动心已远。没有手机的年代我们用书信联络。"那个时候时间很慢，慢到只能用一生去爱一个人。"（木心《从前慢》）嘿！你好！1997！好久不见！

有时怀疑自己，越来越不喜欢说话到底是自我的一种保护机制，还是口语功能的退化？我既不夜郎自大，也不妄自菲薄，事实不等于真相。文字有些匆忙，观点有些粗糙。我走路的时候在写，如厕的时候在写，等地铁的时候、等人的时候、看电视的时候、卧床的时候，都没闲着。

我像婴儿一样，失去钝角，做一个奥特曼吧。忧伤晃荡到天亮，忧伤里还带点甜。床上的念头都是好的，起来就抖落满地，被吸尘器吸走，一点儿也没剩下。现实没有贮存灵感的条件，遗忘倒是天生的。所以我也没必要责怪谁，摆摆手，再来酝酿一遍。

身体上的累，睡一觉仍不能有效缓解，某些器官组织需要撩拨，推拿是个好办法。身体被掏空，灵魂无家可归。要兜很大一个圈子，它才会回到身体里。控制饮食之后，一觉到天明，眼睛带着光，裤腰带松了一圈。大鱼大肉已经不“感冒”，长此以往下去，我将变成一个素食主义者，阿弥陀佛。

陌生人社交，有纯粹交友的心态，也有荷尔蒙爆棚，或者功利，或者纯粹游客路过。亲密接触也有美好的成分，前提是君未娶卿未嫁。

脑袋里像是飘着一大团棉絮，柳絮也有可能。占据了空间，但它是空心的，我想用音乐填满它。实际上我却给身体灌绞股蓝茶，身体变得沉重，在地上踏实多了，凭意念飞不起来。人确实多维度，亲近远疏，绕不开人情世故。直的要折弯，改变用途，这是一个十分危险的举动，蛛丝马迹都是潜藏的证据。还有一个至高的维度，老天看着，不说话，时间到了，打好价码标签要回去。

六

生活酷似点唱机，高亢一曲，悠扬动听，有时线路检修。排列，宣扬，或者直接冷藏。自上而下，文字有它特殊的功效，像是蹩脚的台词，画面影射编剧的黔驴技穷。真是一点儿也忍受不了。垂直的生态有时令人窒息。它缺少活力，按部就班，思想的枷锁束缚住自由的手脚。

有一段文字对应的人生，挣扎的灵魂轻松了些。把自己扔到某种场景，还会自叹不如，一副好牌打到稀巴烂。曾经向往漂泊不定，贴上“下落不明”的标签。年迈的父母，待哺的子嗣，等待指引的浑浑噩噩，捏造出来的梦想。这些都成为羁绊，它们不会在行囊里，而落在我的思想包袱中。

阅读和思考给人一段美妙时光。呆坐着，漫无目的地空想，陷入无尽的虚无，这成为钟摆的另一种极端。怎样和人生抗争到底，就凭手无缚鸡之力？我每天在生活里行极尽讨好之事。

在时代的慌张里，清醒和自嘲也是生存的附加条件。个人理想和时代布阵终究是平行的两条高压线，保持一定距离才安全。单纯地走过这个世界，生命在我眼里是一场赏心悦目的修行。

观察，倾听，对时代暗中揣摩，瞬间产生抵抗意志，用文字记录下来，在某个维度它将永恒存在。回首过往的路，记忆带着主观味道。那些活生生被阉割的生活，潜伏者与时代同归于尽的悲剧，依旧只能在电影院上演。人性中的美折射出耀眼的光辉，照亮理想的国度。会有那么个场景：踏上久违的故土，长者仙逝，恩仇已泯，山河全非。熬过无数个漫漫长夜，我用沉默换来这一切剥离。

我想到一个好句子，一转身就忘了。拍拍脑门，摸一圈头发，手掌全是油，可以用来擦肮脏的黑色皮鞋。久未谋面的朋友请吃三文鱼厚切，而我实际上对日韩料理并不“感冒”，偶尔学着雅士一回，芥末、大蒜、醋，掩盖它们本身的滋味。吃生食总觉得是挺野蛮的一件事。哪有涮火锅来得热烈！

永乐街

一

在药房上班的妻子比原来更忙。口罩、双黄连、藿香正气水、75%酒精、84 消毒液，一下子成了紧俏商品，到处供不应求。尤其口罩，最紧张的时候一度要摇号、预约，晚人一步只能等下一拨补货。但也没见马路上谁露着脸，路人个个蒙面，露出一双眼睛，挂在弯眉之下。

离口罩自由的日子还有多久，谁也说不清。戴口罩有效预防病毒传染，增强自卑者的自信，提示我们少说话争做行动派，更兼具社会属性，真是伟大的发明。

电梯里忘记戴口罩，旁人像看怪物一样的眼神在我身上游走，我仿佛成了千古罪人。

敏珠阿姨是正宗的无锡人，老公是设计师，收入不菲；女儿、女婿都在体制内。她和药房老板娘初中同学，两个人站一起不忍直视，一个妈妈，一个女儿。哪里有打折，敏珠再远也要去，骑着她那辆二十六寸凤凰自行车，风雨无阻。银行推销信用卡，有行李箱送，拿到手，刷几单再去注销信用卡。商户推出的优惠信息，都能兑现到实惠。敏珠用无锡话和客户套近乎，一来二去笼络了大批客源，她唯一的软肋是不懂电脑操作。这几乎要砸了她的饭碗。她在店里只能打打下手，闲了整理柜台，抢着搞店里的清洁工作，给同事洗工作服。“你真有些低声下气！”妻子看不惯，敏珠却甘心情愿，她说：“我已经领退休金了，在家里比较闲。要是女儿生了老小，就是你们留我，我也要走的。”敏珠女儿结婚三年，肚子始终未有动静，求了各地的观音，还没显灵。

健康路与红星路以永乐街为界，南北纵向。永乐街和健康路的十字路口东北方向，“健康诊所”的牌子立了好多年。坐诊的老中医从头发稀疏到头顶光明日月可鉴。往东 30 米有“太阳星辰”药房，西北一里路不到有“迎龙桥街道卫生院”。它们各自相安无事地存在着，去惯西家的也不会去东家。健康诊所大厅里的那张黑色座椅像个忠心的仆人，谁来都要享受一下它的按摩服务，不收费。蚊虫们无惧身子骨被震散架的危险，匍匐在座椅四周等待它们的猎物，吸一口解千愁。我的到来并没有让它们的守株待兔得逞，我给裸露的四肢涂抹上风油精，一只只不敢靠近。永乐街上驰骋的汽车前照灯里魅影重重，漫天飞舞的柳絮给人一种错觉，我不小心跌落那个“下雪”的世界。

清晨七点不到的路面上满地“金光”，让人睁不开眼。要是看一眼就算拥有，我足以富可敌国。人世间有那么多的好，在不如意之后老天开一条门缝施舍一些，让人有坚持下去的信仰。正午阳光下，戴着墨镜的女子，我看不清楚她的脸，草绿色的连衣裙，三角裤轮廓，胸前斜包勒出的风景，往前冲的步姿。夏风害羞地钻入她的裙摆，没有要停下来的意思，花坛里的绣球花想必是院子里最快乐的生灵。夏天真是个青春涌动激情澎湃的季节，到处散发着蓬勃生机。

晚上药店快打烊的时候，大厅皮靠椅上突然落座一个戴眼镜、鼻子扁塌、嘴唇外翻、满脸麻子的女子，与我隔八块地砖的距离。她冲进来的时候我正低着头浏览手机网页，此刻我抬起头眼光与她的视线相撞。她的眼神直瞪瞪的，像把无影剑在我面前挥舞，盛气凌人的样子仿佛要推翻我的存在，连出现在她面前的蚊虫都显得多余。妻子对我使个眼色，用家乡话轻轻地告诉我："别跟她说话！"突然，一阵急促的男人讲话声传来，我的后背个倏地发毛。魔鬼的声音，像电视里暴君发动战争时的宣言。我抓不住一个词语，命令式的，不接受任何反驳的语调，我没听明白。接着，又是尖锐的女人的声音，两个人在激烈地争吵，语气上她占据着上风；然后刹住，又是极温柔的女人的撒娇语调，她是个演员？不，她是疯婆娘。接着语速持续加快，她成了药房的店员，"这个药没有，换那个药……"药名我听清楚了，四个字。她外表虽然邋遢，不说话看不出异样，与她对视，她还会冲着我笑。她经历了什么？妻子刚来这里上班不久，对疯婆娘底细不太清楚。她一天要"做客"药房十来次，一路叽叽咕咕，没人理她，发作完悻悻离去。她的入场和出场一样霸道，没有人敢与她作对。大家接受了她精神不正常的事实，当她不存在，不去招惹她。听顾客说这个疯婆子就住在附近，一个受过伤的女人，背着一身的凄惨，可是没有人愿意倾听，知道真相的人把她连同秘密一起塞进密封罐里，盖子拧得紧紧的。她的内心，也许这个世界早已被无序占领。

永乐街停车场，一辆黑色轿车上下来个曼妙的女子，短头发，白色连衣裙，大长腿，口罩遮住脸。这个天高云淡的夏日清晨，和煦的微风偷袭了我。城里满眼皆美景，忍不住多看一眼，她的锁骨里可以养小金鱼。我路过她的芬芳，仅此而已。永乐街每一个角落都弥漫着她的气息，好多好多的蝴蝶在我眼前飞舞。

晚上我被红星高架桥堍的烟火气吸引。慢摇的旋律，男女踩着节奏翩翩起舞。高架桥下的空地，照明灯造出一个白天。分割成几块，羽毛球如飞燕般在半空中飞来舞去，勾勒出一条条优美的弧线。父亲和女儿，恋人或夫妻，疾步上前，纵身一跃，大猛扣，如蒙太奇般在我面前闪现。西北角，大妈们跳广场舞扭得正欢。大喇叭功放，四周仿佛隔着隐形墙，他们陶醉在各自世界，东风西风恁地吹。我已步入不惑之年，什么时候可以和他们一样跳跳舞，吹吹萨克斯，遛遛狗，养养鸟，有钱有闲，足踏夕阳乐逍遥。我要浸润他们的洒脱，还要二十年，或者更久一些。这幅场景算不得好的诱惑。就像红星桥下的世界，桥上车流里的人们感受不到，桥下怡然自得的人们不问头顶的天。我也进不去他们的世界，他们看我的目光仿佛在提醒我：这就是你的未来，但你还要奋斗好多年。

是呀，生活推着我往前走。再难也不能停下来，每个人都往那个既定的目标方向努力，堆砌心中的“罗马城”，供一家人居住。

那个疯婆子赶在药房下班前来秀一拨。面目越来越狰狞，脸上痘痘无节制地生长，说起话来一字一句斩钉截铁，整张脸皱巴巴的，像干瘪的核桃。她在教训人，完全沉浸在自己的世界。我不能坐在她对面，会影响她发挥，更害怕被她的口水溅到。她像打了胜仗的将军一样，猛地将长刀插回刀鞘。现实是她把矿泉水瓶塞到腋下，眼睛盯着大门，整个人从皮靠椅上弹起来，左肩背着帆布包，大摇大摆走出去，两边仿佛有列队欢送。冷傲高贵的“女王”闯入夜色里。在她眼里，这个世界只有黑白色，红绿灯柱连当她拐杖的资格都没有。她很巧妙地避开疾驶的车流，顺利到达马路对面。我好几次为她捏把汗，甚至随时准备拨打120。她会不会是装的？只有我这么揣测。我的好奇心，在旁人看来，这个男人也有神经病的潜质。

过去的事情无法改变，当时间顽固地挑拣出那些不好的回忆，我们可以选择去重新审视，有意识地把它们淡化甚至抹去，换作现在，那是一件多么微不足道的事情，就该把它们统统丢弃到垃圾桶，不可回收的那只桶，然后轻装上路。

红星路过建筑路东北侧，一窝蜂似的车队停靠路边，一群孩子往居民楼里拥。课外辅导“重启”了，毕业班的孩子们呀，我说不出祝福的话。

下雨了，药房那位不速之客待了不止半小时，讲故事，骂骂咧咧，坐下后嘴巴像永动机附体，最后情不自已。我从同情升级为恐惧，她在那自导自演口技，也可能在避雨。这并不是她倾倒生活垃圾的理想场所，整个世界无意和她作对。她在和空气吵架，但是影响到周围的人了。知道她底细的人对她不加理会，就像路边的电线杆，她会自觉避开。她抓住了世界的软肋，谁也不能干涉她，她才更起劲了。大概是累了，她突然安静了。她赢了，手里的矿泉水瓶如同奖赏她的奖杯，她像冠军一样在闪着霓虹的雨夜里暴走。

二

因为着急理个发，我便到永乐街寻找理发店。第一家店，三个理发师都没闲着，还有一旁等候的顾客，他们的头发看上去比我的还长。一路前行发现六家理发店，就在方圆两公里内。客人多的店直接排除，在巷子里我又发现两家。沿巷口的房子，五六个平方米，墙上一面镜子，摆着一个小台面，上面堆放着美容美发用品。房间只能放一把转椅，一张洗发躺椅，“剃头，剃头！”无人应答我。隔一间，门面没有任何抬头，蓝色的卷帘门拉到底，里面传来间歇的稀里哗啦的清脆撞击声。我凑近听，竟是“修长城”的声响，有两拨人，打牌的，说牌的。接着一阵喧哗掩盖洗牌声，烟雾从门缝隙钻出来，橘黄色的灯光紧紧跟随着它们。再走几步，门口立着的灯箱“发理，理发”旋转着，一个染着金发，穿超短裙吊带衫的女子坐在靠拉门的小板凳上，露出热情的妩媚。里间墙上两个大红字“养生”。她的眼神像探照灯一样打在我身上，她仿佛发现了新大陆。我扭头加快脚步逃离。又绕回大马路上，叹了一口气，还是来到第一家理发店。人比刚才多，玻璃门左右两侧贴着“推”和“拉”，我对这两个字没有理会，通常写着“拉”的，我也能“推”进去。我还是老老实实等着吧。

大妈领着理好发的小男孩，问老板娘多少钱？“20”“这么贵呀！人家只要 15！”老板娘一下子毛了：“早就这个价了，这里那么多人，怎么可能多收你钱呢？”老板娘个子不高，一身黑色装扮像个修女。夸张的蘑菇头，像是顶着一个鸟巢，右手擎着剪刀，指挥家的架势。每走一步，像是有鸟蛋要从顶上滑落。东西没落下来，嘴巴先开腔了。阿姨也找不到说辞，默不作声去扫墙上的二维码。“房价都翻了好几倍，你们退休工资不是也涨了吗？”老板娘真是得饶人处不饶人。我走到里间，架子上密密麻麻的美容膏，一个个碟状叠放，上面都标注有姓名或代号，估摸有上百个，怪不得她底气那么足。“嘿，警察贴罚单了！”一名胖嘟嘟的理发者来不及解开脖子上的围裙，冲出玻璃门，“劳驾，帮帮忙，马上就走！”警察低头填单，“你进去继续理发好了！”胖子不再争辩，抬头看见路边上的禁停标志杆，“严管路段”特别醒目。他重重地推开门，坐下去理发，一副镇定自若的样子。理发师觉得要做点什么，才能亮明自己的立场。推开半扇门，冲着夜色喊了句。“这个头理得贵了。”有人无意说了一句。胖子一声不吭，修整衣服，推开玻璃门，把驾驶室侧窗上的红色贴条剥下来，撕个粉碎，甩手丢在路边。车前方的奔驰标记没有想安慰它主人的意思。屁股的大灯羞红了脸，“嗖”地一下潜入到夜色里。这里恢复了平静，终于轮到我了。

理好发走出门，头围四周冷飕飕的。路上偶遇多年不见的小薇，大老远“黄啊黄啊”冲着我过来的方向喊，整条街上的人都转过头来看着她。“夹城里已签约……那个臭男人看在女儿的分上，给我们一笔安家费……等新房装修好了，再搬过去。死男人外面又有了个女的，住在一起……”她说起话来如同蚕宝宝吐丝，越拉越长。“女大不中留，帮女儿物色了不少小伙子，她相中了一个本地男，家里有房子，谈了两年，到谈婚论嫁的地步却分手了……”我也不好意思多打听，她不想女儿步她的后尘。女儿的婚姻她到现在都不放手，在她心里女儿的幸福比她的命还重要。小薇老家在盐城，年轻的时候来无锡谋生。遇见这个男人，他发誓：“等我有钱了，给你最好的，照顾你一生一世！”两个人在一起多年，好不容易怀上女儿。男人事业一直不顺，沾上赌瘾后破罐子破摔。三天一大吵，两天一冷战，磕磕绊绊大半生过去。“生活不可以忍受。”她斩钉截铁地说。两人同睡一张床，她不让他碰她。他把外面的女人带回来，她爆发了，把家里砸个稀巴烂。男人不敢了，但是从此不着家，她倒觉得眼不见心不烦。“随他去吧，最好死在外面永远别回来。”她说这句话的时候，眼里掠过一丝恍惚。我一时找不出话来，只能目送她离开。

三

每个人的生活都不容易。早晨睁开眼，就是忙忙碌碌的一天；夜晚闭上眼，依然要想着明天的路该如何走。永乐街有说不完的故事，它们沉入运河，被南来北往的货船载往远方。如果可以，我真想在永乐街开一家书屋，白天注视着这忙碌的城市、来往的人群，晚上阅读码字。

一个黑影闪过，看清楚那是一个人，但看不清楚他的模样。他沿着永乐街晃荡，嘴里喊着口号，声音沙哑得厉害，像是几天几夜滴水未进刚从沙漠里逃出来的幸存者。但是隔得远，我听不清楚他在喊什么。他的眼里呈现一种奇特的迷离，所有人躲着他。他穿过马路又兜转回来，仿佛后面跟着他的千军万马。“傻了！”人群里发出一声叹息。T字形路口的边角，一个白衣男子跪在地上狂扇自己耳光，他身旁的两轮电瓶车上坐着一位女子，只能看到她的背影，像一座雕像一动不动。情绪崩溃的男子，嘴里嚷着什么，耳光打到晕头转向。女子的心，好像冷却了。他扬起手里的手机狠狠摔到地上，“啪”，撞击地面的声音响彻夜空，仿佛有座冰山瞬间崩塌，他掉进去了。夜色里，昏黄的路灯看着发生的一切。女人的沉默像是一把利剑，将两颗心分割在两个世界。每一个人都被自己深爱的人伤心过，因为她在我们心里住过。后来我们又常常作践自己，重复这种误伤。

永乐街，对熟悉它的人而言每天都一样，无色无味。对我来说，街上的生活如同电影，我不是唯一的观众。坐在药店里发飙的疯婆子，她只从二号门进出，演讲完扬长而去。戴着眼镜佝偻着背的老男人，他每晚差不多时间溜到柜台旁，问一些稀奇古怪的问题，他从不买药。街的另一端，等红绿灯的间隙，雨伞下的一对情侣忍不住隔着口罩亲吻对方，整条街飘着甜蜜的气息。

像街名一样，我们顺着它前行，请你多一些快乐，少一些烦恼吧。

四

每一个危情来临时候总会有先兆，如果你有足够常识，危险就会远离你。几个月前，我亲眼看见了这样的事例。那天快近傍晚，永乐街的药店门口传来一声刺耳的刹车声，紧接着一个戴着绒线帽的女人冲了进来，脸色苍白。她一边用手捂着胸口，一边匆匆忙忙地说："快点给我速效救心丸！我心绞痛，胸闷。"她站在那里摇晃一下，说胸口好像一块大石头压住透不过气来，快要撑不住了。那个时间，我也觉得胸闷，也像被大石头压住，像这个女人一样，喘不过气。妻子的动作更快，我还没有回过神，妻子已让绒线帽女吞服了五粒救心丸，麝香、珍珠、牛黄、冰片，在她体内慢慢扩散。

是常识救了绒线帽女，她开着车突然一阵心绞痛，她意识到身体出了问题，她心中不断告诉自已要坚持住，看到药房的灯，第一个反应就是靠边停车。

妻子拨打120急救电话，然后再帮绒线帽女给她的老公、父母拨打电话。现在，我的一切注意力都回到这个女人身上，我拼命回想出几个急救方案。万一她意识不清，躺地下，我是不是要做心肺复苏。我努力回想出正确的操作规程，整理出到医院的最佳路线——到二院有五个红绿灯，每个红灯需要等一分钟，如果加上行车时间，最快也要十五分钟。然后还要挂号，声嘶力竭地叫急救医生。

我这样想着，绒线帽女的老公已匆匆赶到，"你阿要紧，急救车，急救车哪？"他结结巴巴，一副丢魂失魄的样子。很快，救护车闪着蓝色警灯到达路口，我在药房门口招手示意，妻已经搀着绒线帽女走上急救车。

药房又恢复平静。

我们回到药房，和妻子相视一笑。妻子把头发拢起来扭成一股，搭在肩膀后面。然后看着外面，大玻璃窗不时有行人走过。和这个城市一样，连眼神也匆匆忙忙。妻子一直没说话，她这样站着有十几分钟，直愣愣地看着，甚至有人推门进来，她仍然保持这个动作。“别担心，会好的。”我把手搭她肩上小声说。“嗯，都会好起来的。”她的眼神异常坚定。

许多时候，药房与疾患仅一步之遥。就是一个小医院，有时也咫尺天涯。

一天早上，有一个烫大波浪的中年女子急匆匆走到店里。妻子上前问她买什么药，她只是气鼓鼓地喘着粗气，妻子连忙拿把椅子让她坐下。她一直在说话，又快又急，气势逼人，就像是死命按着喇叭。她的胳膊被太阳晒得很黑，耳环因为不断说话而摇摇晃晃，妻子一直听她在说，她越说越快。突然，中年女子身子一软，就像门前的热水瓶不小心被碰倒，轰一声，妻子一伸手没拉住，中年女子已经摔倒地上。她肢体半边完全没知觉，脸色发青，全身冒汗，一阵手忙脚乱的急救后，大波浪女子才慢慢恢复了知觉。原来小两口为了一些鸡毛蒜皮的事吵架，吵到整个楼道全是火药味，女人气鼓鼓地离开家，漫无目的地沿着马路走，一边走一边生气，走到永乐街感觉一阵昏厥，看见药房，赶紧走进来。

妻子应付这样的场面已经非常有经验。妻子很快联系上她的家人，让他们第一时间赶到药房，又联系了120的急救车。妻子对这种危情处理现在很熟悉，从普通的药房工作人员到成熟的执业药师。应急措施每一步必须像螺丝一样准确地拧上去，她觉得这是一种救赎。“我们就是他们的眼睛。”她反复那样说。

不过后来大波浪女子还是走掉了，那一段时间妻子变得异常安静。她甚至都不愿搭理我。

太阳从南长街升起，在运河上空落下。每一道不同时间段的光线都会从永乐街体面地划过。又在药房留下印记，那些难以自圆其说的，匆忙的，有奇迹和没有奇迹的，光艳的，怨天尤人的通道，在永乐街，一直异常拥挤。

妻已经是一个完全合格的执业药师了。我一向认为这是个奇迹，她噘了噘嘴，根本不看我一眼。

2020 年度执业药师职业资格考试成绩出炉后，我专门下厨烧顿大餐庆贺她过关。大半的菜还是外卖，妻嘲笑了我半天，说不如你也考个二级厨师证书。老丈人大着嗓子说“好主意好主意”，一边说，一边把拍子打得飞快。

妻子这二年太不容易。美花（就是老丈母娘，我老丈人一直叫她美花）车祸住院，妻子无锡、兰溪两头忙碌。身边没有一个人认为她会通过执业药师的考试，“连邻居家里的猫也不信。”妻后来学着我的口吻，一脸严肃地说。“我女儿就是个奇迹。”老丈人扯着嗓子说。老丈人一向大嗓门，妻子说，当年他和妈妈谈恋爱说的悄悄话，兰江对岸都能听见。他说喜欢妈妈多哼了几句，还没走过河，厂里都传开他们要结婚了。那时候他在兰纺机厂工作，参加工作整整 29 年，青春岁月都留给了兰纺机厂。现在老了，辉煌一时的兰纺机厂也破产了。“你把你爸接无锡来住！”我对妻子说。妻子没说话，她背过身，沉默了好一会儿才说：“爸说要再干一年。”

我知道她想妈妈了。美花终于还是离开了我们，对于美花，死亡只是种解脱。我们却要把痛苦长久存放。我很希望老丈人能从八百里外的兰溪到无锡安顿下来，我们陪着他四处走走。走走就会走出快乐来，往西是京杭大运河，往东是南禅寺，往南有五里湖，往北就是高铁站。

领悟

读到许多令人动容的文字，看到无数令人心碎的画面，勇敢是中国人特有的品质。

这一阵觉得自己已自废武功，一个字也写不出来，心也静不下来。等春回大地，一起做想做的事，去想去的地方，去见想见的人。

文字又停了几天，时间装满整个房间，人飘浮在空气里，然后时间从纱窗缝里漏出去。我笃定一些，它们也会虔诚地跟在我身边。我在院子里踱步，仔细打量倾斜的围墙。有一只鸽子碰到铁丝网，警报声响起，根本无人理会。那电流吓到它了，我凑上前去，它盯着我看，眼珠子转个不停，一言不发，抖动双翅飞走了。天依然是灰色的。这样的气色，让人昏沉。

文学青年，中年大叔，孤独症患者，标签贴满整张脸。除了文字，我一无所好。讨厌阴郁的天色，自然环境左右人体内的小环境，共生共荣。人，终究要回到大自然。人的一生，沧海一粟。那些不值得一提的事，在时间长河中不过是一个扑腾的小浪头。

某些犀利的观点，小概率发生的事件，能不能合成故事。一直动不了笔，那是个挺陌生的领域。发生了，经历过的事件才能落实到空白扉页。凭空去臆造，想象力不在线，效果甚微。回顾某些场景会有压力，情绪太重了走不出来。那条河会枯竭。比较苦闷的是语境的不同，他们需要修辞；而我不懂掩饰，说着不着边际的话，在那里自以为是。或者，低下头，沉默不语。不是那么崇高，也不低声下气。心中的精灵不止一次撞击，离开它，离开这里。生活恢复平静，也许灾难过后，更值得期待的事情会出现。一个人待着，哪里也不想去，似乎也不赖。省去无聊无趣的应酬，维护个人的梦想。蠢蠢欲动的心安定下来，不确定未来会如何评价这段岁月，我以哪种标准，衡量它在我生命里的分量。时间从我身上碾过，因为碾压得太深，只剩空白了。

自己想写什么就写什么才是最畅快淋漓的。写作可以敲打人心。哪种方式可以让读者快乐，反其道而行之。一个人把所有的苦难，相关的，毫无瓜葛的，都往自己肩上扛，这是件危险的、吃力不讨好的事情。我改变不了这个世界，它不会因为我的清醒就停下来，时代的滚滚潮流目中无人，摧毁一切作对者。我可以穿过它们，离开它们。

身体逐渐颓败，各种疾病缠身。我很清楚，生命的脆弱毋庸置疑，盲目和平淡无处可依，而活着才弥足珍贵。谁都无法逃避死亡，这个老朋友的脸会越来越清晰。人生不过是不停地做选择题，拿相应的代价去平衡。有些事不做，也许这辈子就再也没有机会。人生是拼搏奋斗的过程，我认同。

属于年轻人的世界我已经不懂。是否犯同样的错误，你们应该去思考，你们的未来，我们的剩余时间。我们的现在，是你们轻飘飘的梦啊！

睡不踏实，体内的循环好像一个拥堵的下水道，能感觉到液面下降的快感。那些细微的晶体在马桶里打转，又有多少就留在了体内，像极了热水瓶满是污垢的内胆。只要脑壳没有坏掉，怎么能自暴自弃呢？

轻易得到的快乐催生无聊，为了快乐，不去思考死亡这件事，尽管它重复了许多遍。活着的今后一个人孤独地走。灾难把人群割裂，麻木的人，勇敢的人，清澈的人，高贵的人。初出茅庐的年轻人，他们披着战袍，赴汤蹈火，不胜不退。

我的心碎成两半：一半是凄凉，一半是骄傲。因为你们，梦想和爱就在前方。

鼋头渚的樱花开了，一天不能进去太多人。樱花只能留在相机里。这真是一个高光时刻，情绪到了，键盘的敲击声变得清脆悦耳。眼睛受不了电脑屏幕的长久刺激，但是没了它，总觉得自己被世界给抛弃了。我并不能做到真正的心平气和，所以文字的产出扭扭捏捏。

某个片段生出愁绪挥之不去，唯有文字五千卷。匆匆忙忙的生活里，我又忘得一干二净。凭空想象不出来，面对过往经历，才割裂出一串串的话语，是留给这个世界的，还是一脚踏空，跌入深渊？

我发现写作的源头在故乡，在童年。那些发生的事情历久弥新，我的想象力非常愚钝，回忆很聪明。未来触摸不到，现实学不会洒脱，过去像是一坛酒酿，越来越香醇。发生过的千丝万缕，都可以理顺，我的记性好到可怕，对准某一份怀念，某一个人，文字如泉涌，甘甜可口，就是不知哪里来的启蒙。凭空臆造，不如在回忆里挖掘那些生机勃勃的人和事。生活的内容如此接近，虽然场景变了，那些错过的脸庞依然清晰，并且在现实里遇见，好在他们不自知。生活的黔驴为何技穷？它不停重复着水深火热。人心不古那是假的。太无所事事并不好，吃好了，躺下了，被生活当猪一样喂。这不是幸福，这是磨刀霍霍前的最后纵容。人生当自重，我们不是一个人在战斗。

生活不应该一成不变又死气沉沉。没事就码字，看不惯就码字，不舒服就码字，头皮发痒就码字。鼓励它们冲破世俗的藩篱，摒弃正经或不正经的画地为牢。

青春期

一

白先生找上门来，“好久不见，是不是忘了我啊？”心里埋藏许久的不安统统复活，防御机制立马运作。写小说的和写散文的好像不是一路人，白先生脑袋里弯弯曲曲九千条河，藏着掖着，蓝先生的就一条直线，上面站满麻雀。白先生一来，它们全吓跑了。那条线还在天空晃个不停。打不过就跑呗，赖上了说不清楚。

这个对手捉摸不透，给的都是诱饵，经常把主动涂改成被动。时间消磨人的意志，当然，时间也会让误会更深，彻底无法调解。漆黑夜空里一轮圆月升起，皎洁的月光破坏力惊人。所有构建的伦理全部摧毁，片甲不留。

文先生做着一件惊天动地的大事。对于蓝先生的厌食症，他嗤之以鼻。横刀立马，就图个快乐。十天半个月，只是个笑话。开往京城的车票烂在意念里，漫长的假期，停止生长。就快变成方丈和师太了，折腾到半夜。文先生养的肥猪雷声震天，把台风都招来了。

蓝先生时常早醒，那是荷尔蒙涨潮了。快乐后面的萎靡才是不敢开始的原因，脑细胞死掉一大批，把奋进的情绪都消灭。身上黏糊糊的，不想动，动了就脱水。停留在原地，不会有长进的，也瞻仰崇拜不了多久。

谋划一篇《万物生长》，有那么一场同名改编的电影。我把台词拿来颠覆一遍："如果她是一盆绿植，我的注视就是露水，浇灌八个月后，它终于开花了，她以为你只是想占有她。"

她十八岁的青春像一道光芒照亮了我，十八岁的我，透明的，仿佛不存在。

有些人像一本小说，打开封面，他们的故事半遮半掩，你要边读边琢磨。有的人像随身听，你想听什么他就唱什么。总会厌倦的，最后他吃光你的电池，等你饥渴的时候再去充电。

怎样的生活才是我们最想要的？

二

母子俩深夜敞开心扉聊天。他说初中的时候喜欢过一个女生，后来不了了之。他从小自卑又敏感。作为父亲，我完全隐身不在线。我没有和他有很好的交流，我的右脸上还留有他六岁时亲我一口的余温。那时妻子去金华上班，把长子带在身边，寄在托儿所，我周末从无锡开车去看他们母子。现在我去学校给他送书，他开心地迎上来，又笑眯眯跑回教学楼。平时得空交流，可能我的口气过于严肃，言谈过于说教，他总是沉默或者三个字"别说了"。我也没了耐心，我想靠近他，帮助他重拾信心。一时找不到方法，他心里才被稀奇古怪的想法挤占。青春的内存容量极其有限，这些多了，那些就缺了。双眼灼灼，理想累累的少年啊。人间与你值得：前途似海，来日方长。

我的青春期，父亲经常找我聊天。谈我的未来，说他经历的事。也都是宽慰的、鼓励的话，到现在我已经记不得了。我每周末从学校回家，一家人吃好晚饭后，父亲一定会到二楼阳台陪我，说不着边际的话。他不上来，我也不会下去找他。离开家乡后，父子间就没有这样的机会。那栋房子在2014年拆掉，父亲看着它夷为平地。新房子他只住了半个月，便含泪九泉。他只有我这个宝贝儿子，而我有两个。在某一个当下，想象中的完美被现实“打醒”，请你们接受它不完美的那面，把握现实中的美好，追求精神上的永恒。读书是最好的捷径，把封闭的心门打开，和古往今来伟大的灵魂对话，拥抱和探知这个美丽新世界。

傍晚妻子差我去超市文具柜台买铅笔。卖场因为我未戴口罩，拒绝我入内，我只好先去找药房。路过一家面馆处，看见一满脸横肉的男子抱着穿草绿色连衣裙女子的腰。“快帮我打110！”女子呼喊着，试图挣脱他的纠缠。“你怎么这样啊？”男子这样反问她，显然有些不高兴了，不过仍抱着她不放。到底是喝多了，还是恋人间纠缠不清，路人看不明白。男子力气大，她挣脱不掉，被他一个劲往路边草丛里拽。我准备冲上前去，路边骑电瓶车的中年女子一把拽住我，说道：“小伙子，别管闲事，这年头谁去惹事啊，一个巴掌拍不响！”她不知道我的底细，我只是没穿制服而已。既然不能确定他们之间的关系，先把他们带到所里再说。“你是谁？你凭什么抓我？”围观的人越来越多。“爸爸！爸爸！开饭了！”儿子一把将我推醒，原来是一场梦。

三

青春期第一次梦遗，应该在15岁的夏天。我沿着操场跑步，不小心摔倒在地，迎面一个大圆脸扎马尾辫的女孩子过来扶我，但我身体太重，不仅没扶起，还把她绊倒，两个人重重地摔在地上。她抱住我，不停地说：“对不起！对不起！”我闻到一股女孩子特有的体香。然后，一股暖流从体内喷涌而出。闹铃响了三遍，我都不愿醒来。小时候每到冬天，我特别容易得感冒，父亲抱着我睡，把我捂出一身汗。在性教育上，父亲从来没有跟我聊过一个字，当电视上出现男女亲热的镜头时，他都要迫不及待地转台。初中的生理卫生课才是同学们性教育的启蒙。那时校园里有人传递小人书。学期初和学期末各召开一次操场大会。全校初一到初三有18个班级，一排一个班，每个同学自带绿色小板凳，板凳背面写有自己的名字。班级不换，三年就一直是它伺候屁股。坐两个学期，框架就会晃动，发出吱嘎吱嘎的声响。“豪森”校服，穿起来像是广告衫，除非上学，平时不愿意穿在身上招摇的，学校名气太烂，不想让它再抹黑。教导主任主持会议，校长发言，扩音喇叭威力无边，魔性的声音飞向远处的麦田。在天边绕个弯弹回来，好像又被校长的八卦莲花掌挡回去了。给一群懵懂的少年谈理想、说人生，调皮的同学在后排做着小动作，看隔壁班漂亮的女同学，做个小鬼脸。或者给死党扔小石子，用手指做手枪的姿势，指哪打哪。还有直接拿本金庸小说，会开完，两个章节结束。有男生拽前面女生的头发，有好感的，回过头来瞪他一眼，脸上红彤彤的。要是反感的，暴跳如雷直接开骂，好像是一种试探。天蓝蓝，白云飘飘，这样的场景梦里才能找回来。

那时候我背的书包是草绿色的，上面有一个五角星，斜挎在肩上，走路的时候，文具盒里铅笔、三角尺圆规、圆珠笔、橡皮，叮当哐当。上小学时成群结队，到初中基本上两个人一伙，高中就单枪匹马了。大学又成群结队，还真是一个奇怪的现象。最后，同学们全部失联，或是躺在通讯录里。我们都会失去彼此，人生真应该大胆一些。

上黄小学如同纪念碑立在中年人的记忆里，大路口小学成了废墟。农牧场、城郊初中、溪西初中，最后都被推翻，竖起一个个漂亮的花园式小区。学校的等第，取决于毕业班考上兰一中的数量，这是铁的标准。光头年也常有，后来一直稳定在个位数，最后也没机会翻身了。育才小学、聚仁小学、兰花小学，一些新的现代化校区拔地而起。离开家乡后，也不再关注。童年，青少年永远留在了家乡。回去也找不到线索，大家回忆起，总觉得少了物证，还是挺让人失望的。当然，这也是发展的必然，落后的总会被淘汰。一句“为了祖国的花朵”，把伤感收起来，荣耀交给下一代，大家都心甘情愿。

四

网购的“回力”棉鞋到了，第一天穿在脚上，它成为全身最热的地方。小时候鞋子不够穿，布鞋、解放鞋、旅游鞋，农村的孩子从不讲究牌子。要穿到脱帮，大拇脚趾露出头来才舍得扔掉。记忆里的袜子不是太短就是一直要掉到脚底。两个姐姐先后参加工作，我的过年行头都由她俩置办。我人生的第一双回力鞋是十岁那年父亲买给我的生日礼物。我的脚掌大，有一点“外八字”，所以相对费鞋。高中时刘同学封我“香港脚”，我当时并不以为然。

我那时并不确信梦想能带我去更远的地方。青春变成一只纸鸢，总归是一头被牵着走。那两年青春拥有意气风发的自信和激扬文字的底色，虽然前方混沌一片。大学的胸牌表面看无异，其实反面另有标记。骆家塘，长长的斜坡，我婉拒了女同学的暗送秋波，回头牵手曾经的那一位。年轻有无穷的可能性，那个一起演情景剧的女生，天使的面孔，左脚跛了，折翼了，只用了一个暑假。那班人马里，官员、律师、教师、商人、艺术家，完全匹配到成功的密码。

顾同学发来一张电子名片，他现就职于沪上某律师事务所，在经管法务上有所建树，主要涉及公司商务、劳动人事法务、民事诉讼等领域。太太卢博士是沪上某省部级机关内设与法律相关的机构负责人。两个法务精英，如何谈情说爱，家有千金，育儿上又是何种理念。家里谁说了算，我还挺好奇的。顾同学原本个性尖锐，刨根问底，爱钻研，走上这条路并不意外。倒是王同学成了名师，黄兄入了仕途，晓东没了踪影，才是悬案。我也是半途而废的那个，骆家塘那两年，泡图书馆，暑期打工，留下一连串难忘的经历。在那个千军万马过独木桥的年代，唯有大学才是高挂人生的捷径。社会上也有很多机会，高考成为一个分水岭。未来迷惘又充满新奇，我将来拿什么征服世界，爱情什么时候修成正果。社会的变化那么猛烈，倘若待在老家，可学一门技术，娶个农村老婆；或者经商，除此之外实在没有好的出路。文学，让路于谋生，它没那么无所不能。溪西火车站的十八个月，顶着老板小舅子的光环，每天围着一大群纺织女工。天生愚钝，机器修理我，也不是自己想要的生活。出走深圳半年，单打独斗，无惧无畏。又由大姐夫牵线到浦东三林塘做销售，一辆比亚乔从周家渡到浦西，验证大树底下好乘凉。那是个爆发的年代，三个农民敢拼敢赢，征服上海滩。又经历几多风雨，徒子徒孙出走另立门户，大树依旧岿然不动。我 2002 年成家，兜兜转转依然是她，同年底初为人父。风云变故中选择亲情，直至 2003 年踏上无锡的土地，终于扎根下来。

老家田地划入开发区版图，一夜之间村民没有了土地。享受工业化城镇化的双重福祉，年轻人不安现状，选择出去闯世面。结果，山一程，水一程，故乡沦为异乡，而我不愿再挪动。无锡，有善有爱，有我想要的生活，选择机会也多。我还没到写回忆录的地步，生活经验长势并不喜人。当我因为一件事而放弃另外一件事，过去已无法改变。我也不会一直抱着过去，很多事情会淡忘，任凭追忆似水流年时不胜唏嘘。

校园里的日记本比较完整，谋生开始，生活角色的转变，中断用文字雕刻时光。所以，匆匆二十年，没有记住的时光里有更多的绚烂，很多并不能拿出来分享。把过去连根拔起是一件极其痛苦的事，试过之后，自己的直白和坦率无可救药。不再用下半身思考，生活的担子都在肩膀上。嘴上说已放下，身体却很诚实。四十岁之后，人生才被唤起，外界干扰不再奏效。

高中群，婉儿同学发动拉票攻势。那股子拗劲一般人达不到。“婉儿啊，你工作上的尽责值得学习，无须太在意这评选。”这是一种声音；“婉儿啊，你要让宣传部给你拉票，发动整个城市的力量为家乡争光。”这是鼓励她的声音。“我已经四十不惑，这辈子没什么机会，领导也重视这次评选活动，把我推荐上去也是希望有好结果，材料我也写得没水平。没想到后果，现在有些后悔，所以也是珍惜机会，希望大家能够谅解！拜托！”她以近乎祈求的口吻说道。

一个个激情满满，又无章可循的人，在现实里栩栩如生扮演着自己。年轻的时候不够努力，就要承担这种落差带来的憋屈。有很多同类，到底是没用，还是现实要成为你想象力的死胡同。一个人脑袋天马行空，头重脚轻，总归走不稳，跑不快。以为自己是主人翁，其实是一个卑微的存在。如果人生可以刷新，当初应该吃更多的苦。

6:53

早上 6:53，汽车开了很长的距离，电子屏里程数字并没有跳升。我第一反应是不是显示器坏了，还是时间停止了？难道我误入了时间黑洞。

我七八岁的样子，偷喝了一口黄酒，握紧双拳向两侧伸展，嘴里嘟囔：“起飞！”整个人真的飘起来了。我飞过村庄，飞过池塘，飞过树林，飞过山坡，最后着陆在自家床上。学前班那时起，我就对连环画异常着迷。我有小人国的朋友，手指头那么大，他钻入斜挎在我肩上的草绿色书包，或者躲在我的上衣口袋，陪我上学，放学后我带他去小山坡捉蚂蚁。十三四岁的样子，一架小型飞机在老宅屋顶盘旋，飞行器并不大，黑色的，长椭圆形，外表有刺一样的弯钩，我找竹竿想把它捅下来。黑衣戴头套的男子打开舱门，想要把我掠走。那人与“佐罗”的打扮颇有些相似，我折回屋里，紧张地把门闩插上。这一分多钟的记忆反复被锁定。真有些遗憾，没有留下证据。小时候有许多现在想来非常不可思议的事情。我说出来，总有人怀疑它的真实性，就让他们生活在自以为是的世界里。我深信，有多维空间，有比人更高级的生物盯着我们。就像 6:53，我觉得它横行了一个世纪。身边的人只是陪衬。在我离开这个时间点以前，我要把它记录下来。

药水从口腔翻过喉咙，疼痛因子全部复活，就好像有针孔往表面扎，扁桃体已经作废，我的喉咙像个火药桶，随时会爆炸。它将来会让我见识6:53。我并没有编造故事来愚弄亲爱的读者，这将是非常愚蠢的一件事。我也无法将自己从回忆里割裂出来，它一直拖拽着我。

我们要花很长的时间适应灵魂在身体里的生活，漫长的人生会经历几次颠簸，及时拧紧我们身边松了的螺丝钉。有一种真相，说出来过于粗鲁，也没人相信，就像我曾经历的6:53.

亏欠的文字

2020开年就让人措手不及，内心的混乱和恐慌覆盖所有情感经历上的“旧伤”。每个人被裹挟其中。

小年夜下午三点半全家自驾回老家。高速一路飞奔，江苏在下雨，入浙江界雨也没有停的迹象。回家的路，雨雾蒙蒙，每个人都在奔赴一场热气腾腾的团圆。杭州绕城车流量大，G60杭金衢修路，半幅路面施工。金华高速那一段特例，无风无雨。大年三十一大早带母亲和妻子去农贸市场买菜，菜场戴口罩的人寥寥无几。除夕夜乡下听不到噼里啪啦的爆竹声，老母亲领着我祭拜，堂前，灶台，大门口两侧，二楼客厅，后门头两侧。插三炷香，点上金元宝，再洒三杯盏酒。八仙桌上满满一大桌菜，每个方向空一副碗筷，请逝去的长者回家团年。

初一上坟，全家人沿着铁锅门，经过江乌塘，在金千铁路东面拐入公墓。一年到头乡邻难得的见面就在去坟场的路上，彼此点点头，微微一笑，唤着幼时的乳名。黄氏宗祠“衍庆堂”由村里德高望重的族人打理，逝者出殡前都要放上几天。父亲的坟前已有人祭拜，蜡烛燃烧着，香支冒着烟。我的微信消息框抖动了一下，原来文娥、翠娥姑姑给爷爷奶奶上坟，顺道来祭拜父亲。叔叔和他的后代只是路过，这开了一个好头。爷爷奶奶的新牌位、大理石，焕然一新，像是搬进了新房子。生者和逝者都要体面，在我还是他们子嗣的时光里。“土泉”太公辈，隔代的，父亲活着的时候敬重他们，实际上是堂叔献江的爷爷。据说祖上飞黄腾达过，这才有了大房、二房，子孙满堂。老父亲还是老样子吧，母亲栽下的两棵松柏赶上长子的身高了。父亲可能就在我的前方或者周围，他用我听不懂的语言和我交流。他看着这一切，我们看不见他。我还是孩子的时候，我注视过父亲发黄的牙齿、宽阔有力的肩膀、他脸上的坚毅。他只是避开了这个他不喜欢的世界，坟里空空如也。回来的时候见一户人家扫帚倒立在门口，那是家里有人过辈的信号。我以后还会来的，死亡并不存在，它是人类发明的。

丈人丈母娘看上去还是老样子。丈人还是要去上班，退休金比大舅还要多，啃老并不丢人。丈母娘，一副妻子将来老去的模样。该如何去拯救呢？我老了又是哪副德行？当然，那还是很遥远的事。透露先机并不高明，谁想未来会被设定呢。我也不愿意。小姨夫做着二房东买卖，收毛坯房、装修、购置家电、租出去。他年前摔了一跤，伤口很深，运气不济，朋友调侃他香烧得太少。按以往，大年初二应该是大日，外甥给娘舅拜年，七大姑八大婆去娘家，今年家门口冷冷清清，年味躲在冰箱里。老人心里转不过弯，他们不看电视，不玩手机，不知道形势的严峻。

初二我去外婆家上坟，春雨淅淅沥沥地下着。在阿舅家换了高筒靴，他怕我找不到就在前面带路，通往公墓的水泥路尚在浇筑中。外公外婆的坟头多年失修，有关他们的回忆沉在脑海里。外婆身姿小巧，满面红光，笑起来眼睛眯成一条缝，她的三寸金莲走起路来一摇一摆。她每天早晨起来就要喝二两黄酒。关于外公的记忆少得可怜，他昂起头，生鸡蛋往桌上一敲，左手拇指麻利地把蛋壳拨开，整个蛋液落入喉咙，一副满足的样子，竟然没有一丝溅漏。年少的我看呆了，“鸡蛋不是煮熟才能吃吗？”看来外公是一个古怪的人。外婆的红包金额一直是家族最大，一角、五毛、一块、两块、五块，到十块为止。路上向阿舅问起表弟方建，他说方建每年有一次探亲假，过几年打算退伍转业。

夏李村离上石桥两三里地，建设中的李渔小镇初露雏形，一步一景美不胜收。伊园寻梦、鹤归楼、且停亭、夏李印象、笠翁对韵小道、闲情偶寄植物园、十叠楼，不久将开门迎客。在上石桥粮站，我驻足良久。唉，逝去的童年、回忆的宫殿，如今我已经认不出来。它也对我这个外来客不说一句话。缩小版的视觉冲击，它在现世可以留存多久？一旦使命消失殆尽，那就是它终结的日子。我回忆里的现实佐证将崩塌，留足时间去了太平祝。

绵绵的雨，滴滴答答，露天玻璃房像盛满回忆的容器，一群小虫闻着文学的馨香，欢快地跃动。燕子同学姗姗来迟，岁月绵长柔软，心间美好氤氲而生。为廿二年铺垫，友情岁月无声胜有声。三白兄相赠《很兰溪》丛书，还有一张 CD。其中《我在兰溪等你》听了一遍就成为我的单曲循环。他从文从政相得益彰，只有文学这条线索，将我们交织在一起。

由于千里迢迢，新能源车路上充了两次电，才从上海开到兰溪老家，这是林大小姐的遭遇。她初二晚上在娘家吃了顿团圆饭，初三便要返程。“把老妈带无锡去！”媳妇开口比亲儿子管用。于是，大包小包塞满后备厢，比搬家还隆重。

我们静悄悄地来，静悄悄地回。钟摆两边晃动，家就是中间那个点。我们不能停留太久。给父亲再上三炷香：“您留下来看家，母亲我们带走，家里交给您！”墙上的他冲我笑笑。

来也雨，去也雨，却不是同一片云做的雨。八百里路，沿途没有片刻耽搁。无锡东下高速，耗时四十分钟。

蓝天铺着白云，阳光普照大地，唯愿每个人可以素面朝天，共享阳光灿烂。

新年书愿

年初设定的“读万卷书行万里路”目标大部分已实现，尽管打了不少折扣。自驾往北兜了一圈，市图书馆和滨湖分馆陆续借阅了四十多本书。有些作品看完仍不尽兴，索性去网上把它淘回来，立在书架上才心安。它们在未来某个时刻会被我再次阅读。

新年欣欣然在路上，梦想依然坚定，喧哗回归安静。阅读让我在个人境界上有很大提升，“突破”是新年对自己最想说的两个字，并且尝试从散文到小说的转变。散文、小说、诗歌，逐级递进，影响世界的往往是小说。我的抽屉里还有十几万字散文随笔待整理，同一个路数，没有价值。画家在不同时期的作品，构图、人物场景、表现手法、表现内容等均不同。画家画完大画（人物）再画小画（山水），更加得心应手。写作如是，写惯散文转笔写小说，难的是开始的时候，感觉无从下手，会辛苦，会很累。要透过表面镜像触及本质的东西。坚持写下去，回头看原来如此。天赋在热爱里产生，除了热爱，还要不停操练笔头。我尝试建立自我的语言体系。现有的文字还没有区分度，语言太平凡了。没有达到无锡方言中的“显”。文章放到网上，读者都不知道是谁写的。这就是现实处境，我要吸收、探索、借助阅读的力量，我没有偷懒的理由。

除了内省，必须借助外力。黑陶老师给我开出“药方”：多读多思多写。精读同时代作家的作品，反思他们写作的路径，写属于自己风格的文字。

电子信息时代，碎片化阅读改变我们的阅读方式，纸质书阅读的仪式感荡然无存。我一直很固执，纸质书绝不会消亡，书店的体验感不可替代。书架上摆放着一排排的惊喜，随意打开一部就是一个精彩的思想意识的宝库，藏着现实生活的密码和迷人的未来。那种扉页滑过脸庞的触感多么生动，那股书墨清香记忆里飘着回应。阅读是超越时间、空间纬度，探索世界和超越自我的一种方式。没事就多看看书，我们读过的书也绝不会背叛我们。经典作品成为畅销书是必然的，那些反复加印，感动着我们又感动着后来人的佳作是全人类的精神宝藏。但畅销的也未必都是好书。阅读和品尝美食一样，关键是合不合自己的胃口。书单见仁见智，新年在即也给自己物色了一批书目。

电子书和纸质书载体不同，我向来偏爱后者。想象一下，冬日午后的阳台上，北风和高架的噪音被挡在透明落地窗之外，手捧一本心仪的书，扉页间浸润原木纸浆的气息，阳光牵着目光。倘若爱人就坐在一旁，那真是神仙眷侣也羡慕的生活模样。纸质书可以反复阅读，还能收藏，家里有一间书房，四壁陈列实木书架，足以抚慰我们疲惫的心灵。当然，萝卜青菜各有所爱。电子书携带方便，随时随地可以进入书中的世界。一个网盘就是一个图书馆，现在还有了听书软件，解放了双眼，“有声书”让阅读变得更有趣。

时代在发展，传统和创新比翼齐飞。多读书真的没有坏处。趁着眼不花，耳不聋，多读书吧，让我们心中阅读的种子匹配到发芽开花的温度。世人的一切外在源于内心的投射，多读书，人生一定会变得更加美好。

新书多如汗牛充栋，能打动你的也许就那么几部，它们等候在那里，等着你带它们回家。书可以抵御时光的侵蚀，它是我们生命长河里，灵魂可依的支柱。花大量时间阅读新书是一种选择，留足时间，重拾读过的经典，也不失为明智之举。那些书经过时间的洗礼和考验，而你也经历成长，到达成熟，直至衰老，它成了一个参照物。这是多么有趣的事啊！

孤而不独

人的本质是一切社会关系的总和。我们的一生要面对并且学会处理好多种关系，自然的、社会的、同类的、内心的。自我意识的形成，问题接踵而来：我是谁？我从哪里来？要到哪里去？对父母的养育和反哺，同一屋檐下，兄弟姐妹一路成长陪伴到各立门户，遇见生命里最重要的另一半，然后开枝散叶，如此往复。同学、朋友、同事、家人、长辈，还有在人潮人海中的各种羁绊和牵挂。最后是对死亡的猝不及防。一呼一吸之间，两个人相伴相依，白头到老；或是同床异梦，劳燕分飞。也许谁都没有错，只是错过。

图书馆书架上翻到刘震云的《一句顶一万句》，捧回家一个礼拜看完。原来世界上，每个人都有孤独的天分。我不是唯一的那个。杨百顺——杨摩西——吴摩西——罗长礼，少年时代的梦想终于实现；巧玲五岁的时候被继父吴摩西弄丢了，辗转被卖后改名曹青娥，她心里一直惦记着延津，思念着吴摩西。她的儿子牛爱国在七十年后重回延津，他找那个可以说得上话的人。一拨一拨相遇，合也一句话，分也一句话。这一百年，书中的每一个角色都是孤独的。仿佛印证了大多数人的生存状态。诚然，每个人都在用心寻找那个愿意倾听，可以倾诉的人。通讯越来越发达，交通越来越便利，须臾之间即可通达全城。我们的孤独减少了吗？你盼到、念到、等到那个对的人了吗？那个一句话顶别人一万句话的灵魂伴侣。或者，用力过猛，又有多少彼此可以说得上话的人，失散失离失去了？享受幸福需要学习，活过、爱过、痛过，依然不离不弃。人生短暂，真是蹉跎不起。

“一个人的孤独不是孤独，一个人找另一个人，一句话找另一句话，才是真正的孤独。”

“日子是过以后，不是过以前。有些事你气着气着就成了另一件，而事情的原本你却已经忘记了。”

珍惜那个可以说话的人，即使他有不得已不光彩的过去。对不起，你来晚了。那是你错过这一班车，无须辩解什么。人要往前看，现在连着未来。即刻的陪伴，当下的样子，才是真实的。从前不回头，往后不将就。太多人生活在庸人自扰的井底，断不了，舍不下，离不开。每个人有自己的忙碌和追求。我的生命路过你的生命，分享这份快乐，去比远方更遥远的地方。不要惊心动魄，但求细水长流。

小说来源于生活，高于生活。每个人的生活理应自己做主，书页的最后，牛爱国没有放弃寻找。聪明的你，有答案了吗？找到对的人，对他好一点，丰富彼此的人生。或者兜兜转转，你在不停失去中寻找，像一个执着的陀螺。命运就是那个抽你的人，美丽人生终将到来。

周国平在《孤独是人的宿命》中说道：“孤独与合群有一个适当的比例，生命中有太多的可能性。世界那么大，周游世界时请带上好的感受力。人与人之间的理解和不理解，甚至是误会，只是命运的捉弄。孤独是可怕的难以忍受的，共享沉默又太古怪。一颗与众不同的灵魂，和普通人对人间温暖的需求并无轻重。”

2020 年注定是不平凡的一年，在敬畏自然这件事上，我们心有戚戚焉。封城、禁足的同时，那么多“逆行者”冒着生命危险挺身而出。无名勇士孤独地坚守着，但他不是一个人在战斗！医院、车站、执勤点，都有守护平安的身影。

多想摘下口罩素面朝天。无锡一夜之间白了头。一觉醒来，这 2020 年的第二场雪不见了。红彤彤的太阳从地平线上升起，雪只是走个过场。冷，肉眼看不见，要用身体感知。汽车仪表盘显示地下车库十三摄氏度，到了马路上一路降到零下三摄氏度。给人惊喜的不是雪，而是马路上不见雪，就跟没下过雪一样。一夜之间发生了什么，积雪、结冰并没有。这场雪下得好孤独。

真相是昨夜有人偷偷帮我们擦去了。

美花，你快醒醒

一

昨晚和妻子吵了一架，早上出门的时候，走路都打滑，我握紧拳头不时捶打几下墙。结婚二十年，觉得自己受够了，真的窝囊。中午给自己烧一顿好的，心理平衡一些。我打开窗，阳光明媚，微风不燥，一只青蛙在荷花池的荷叶上晒太阳。突然手机铃声响了，是妻子打来的。这么快服软，不像是她平常的做派嘛。我一边窃喜一边拿起手机，“我妈被车撞了，快不行了，马上回兰溪！”妻子带着哭腔说。天突然暗下来，一下子起风了，青蛙猛地跳进池塘。我心里一阵慌乱，仿佛当头一棒。

一上午，妻子就有不祥预感。昨晚和我为小事吵了一架，做梦梦见妈妈在桥上。用手去拉她，妈妈一下子不见了。一到药房，妻子的眼皮就跳个不停，那个梦似乎在暗示什么。药房挺忙的，上午来了几箱新药，又来了几个病患。三个小时，哥哥的电话不断打来，她没接。稍微空一下，她给哥哥回电过去。“妈妈被车撞了，快不行了，赶快回来！”她顾不得说上话，眼泪“哗”地一下子流了下来。她嘴上机械地说话，脑袋里已经没有意识。

待逐渐恢复意识后，她给店长打电话：“店长，我妈出了车祸，我要回趟老家。店里重新安排人过来，具体请假几天我现在确定不了。”

妻子再次拨打哥哥电话询问情况，“妈妈人在医院，生死未卜。”哥哥的语气里满是忧伤。小姨和绍富（姨夫）已经从上海往老家赶，我们回家取行李。她收拾了几套换洗衣物，犹豫了一下，还是把考药师证的辅导书塞进了皮箱。我给师傅打电话请假，他说出省要跟主任报备。我立马给主任打电话，他停顿了一下说：“放心去吧，路上慢点。”我心里很忐忑，到底请几天假，也说不准。

妻子还没回过神来，我抱紧她的双肩，不停安抚着她：“别担心，妈妈吉人天相！”我心里并没有往悲观的方面想。最近我也不知道她怎么了。她坏情绪上来的时候，歇斯底里要把无锡家当卖了，全家回兰溪，“父母年纪大了，越来越需要有人照顾！”她说这是某种暗示。她难得打电话回去，爸爸妈妈总是说：“我们很好！你们也忙，省点电话费，快挂了。”她给爸爸妈妈打电话的频率没有我跟母亲通话勤快。但她从来不跟婆婆通电话，和我的两个姐姐也无交流。这是我心里难受的地方，她不会表达她自己，也是她做人不够圆滑的软肋。

十一点多从家里出发，导航预计下午三点半到。一路和妻子哥哥保持通话。我表妹在医院急诊科上班，从她那打探到最新状况，妈妈非常糟糕，插了管，处于昏迷中。我心里一阵阵难受，仿佛站在悬崖边，青蛙趴在我左肩。汽车突然颠簸了一下，把我拉回现实，青蛙跳进了池塘。

午饭在诸暨服务区简单解决，每个入口处都有专人检测体温，查验健康码。

妈妈进了 ICU（重症加强护理病房），哥哥的情绪开始暴躁。已经做了两次 CT（断层成像），医院只做简单处理。刚开始医生诊断为股骨骨折，拟收治骨科，后出现休克，才转入重症监护室。护工推出来做第三次 CT，我们才第一眼看到昏迷中的妈妈。人裹在白色被絮里，脸转向一侧，口腔插着塑料吸管，上唇乌青，淤血干结成黑块。她每一次呼吸都很用力，整个人抽搐。两只眼睛微微露出一条缝，潮湿的。“妈妈，到底发生了什么？”妻子看着自己的妈妈，哆嗦着大声抽泣。妈妈曾在环卫所上班，工作的时候，她双手紧紧抓着笤帚。别人在树荫下乘凉，她不允许自己的包干区有一片落叶。某个烈日灼心的午后，环卫所领导把她叫到车上，带到表彰大会现场。草帽把她整张脸遮住，面对着闪光灯她低下头。“优秀环卫工赵美花”——鎏金红本本，鲜花、慰问金，舞台上一顶草帽移来移去。

美花年轻的时候，也如妻子般梨花带雨，丈人喜欢上，就把她娶回了家。我第一次去妻子家，美花炖了皮包蛋给我吃。一大碗，撒着葱花，猪油还没融化，上门女婿的待遇。家里丈人说了算，她平时话不多，总是笑盈盈的。“美花，美花，赵美花，你应一声呢！”我在心里呼喊着。她穿着白色的睡衣躺在白色的床单上，枕头和脸都是白色的，没有生气。刚打了强心针，血压、脉搏稳定。

晚上，科室主任带着当班医师来到家属休息室。告知妈妈目前的情况，“血压偏低，休克不醒。后续治疗费用高昂，家属有什么想法？”“全力抢救，要她活着。”哥哥脱口而出。医生建议请金华“专家”过来做手术，事先声明，出诊费直接给专家，没有票据，只收现金。兄妹三个当即表态同意：“钱不是问题，越快越好！”

老天也来添乱，雨下个不停，专家从金华赶来的时间比预期晚了半个小时。所有人悬着的心落了地，躺在 ICU 的妈妈有救了，笑容重回妻子脸上。可是专家去了 ICU 就没有再出来，时间一分钟一分钟过去，我们的心又被高高吊起。妻子和小姨在会诊室外焦急地等待，不时看看墙上的钟摆。哥哥瘫坐在椅子上，一只脚不停抖动。“如果当时就转到金华大医院去，可能手术都做完了。”他深深地自责。每个人的心仿佛在火上烤着。“现在不是埋怨的时候，要想尽一切办法拿出方案。”绍富打断哥哥。

丢失了前面的主动，后面都是亡羊补牢。妈妈躺在病床上，整个人在颤抖，眼睛半张着，不能说话。这幅场景深深刺痛所有人的神经。“救救我吧！”妈妈在病床上挣扎，苦苦祈求大夫。她的声音从遥远的地方传来，声音在那里，人却在这里。这一幕幻影不停地在我脑海里上演。两个女儿泪流满面，我和绍富默默陪着，哥哥呆坐着，丈人紧锁眉头，嘴里嘀咕着：“怎么会这样？怎么会这样？”他深陷的眼睛里布满血丝。每个人的心里仿佛插着一把刀。

女专家在值班医生的带领下来和我们见面。她理解我们此刻的心情，给每个倾听的人服下安心药。我们等了两个多小时，听她逐条分析A4纸上密密麻麻的诊断书。她不说绝对的话。我们的世界早已白雪皑皑，内心被冻住。我们站在悬崖边，黑暗像一把刀在我们周围落下。月光支撑着黑暗，打在每个人脸上，抚摸着我们的忧伤，仿佛命运残酷的撩拨。

二

儿子在家无人照顾，次日我先行返锡，沿途没有停留。高速路面湿滑，苏州界发生多起追尾事故，刺耳的刹车声伴随着尖叫声，巨大的惯性和冲击力，一阵噼里啪啦，零件、玻璃碴散落一地。

凌晨一点二十分，被妻子来电惊醒，“病危通知书下来了，妈妈快不行了！你还是买票回家吧……”“……血压升到170，输了七八袋血，依然昏迷，随时都会离开……”电话里妻子哭哭啼啼。我像是睡梦里淋了一盆冰水，“嗯，我知道了，天亮就买票。”我找不到更好的词来安慰，如果在身边，抱着她就足够。死神的驳船无情地游弋，随时会袭击美花。在与死亡的斗争中，人类的失败何时停止过？只是一切未免来得太快。我反对这个想法。六点二十再次醒来，起床给孩子烧鸡蛋青菜面。出门之前，我给妻子打电话，“状况有所好转，医生没上班呢。”“有什么状况随时通知你！”说不好的是她，说好转的也是她。惊喜总是新的，希望、焦急、慌乱，时刻敲打我的心。

惊魂 30 个小时，我来回跑了 1600 里路。整个人几乎瘫掉了，颈椎不时嘎吱作响。我给单位打电话，主任让我休息一天。

妈妈状态有所好转。原来半睁眼到现在双眼能合上了，有稳定的自主呼吸。治疗往良性发展，大家都松了一口气。没有消息才是最好的消息，我的头依然钝痛。头发一抓掉一大把，月朗星稀，我的头发怎能和星星相提并论。都说肝胆相照，难道它们反了目。

妈妈好转，我心里也明亮了许多。晚餐点了某酒店的外卖，芝麻烤鸡不错，蒜泥虾一般。父子两个将它们一扫而光，我越来越不想动手做饭。心里平静了，生活才会平静。

每天要和妻子通几次电话。“插管还没拔，ECMO（体外膜肺氧合）用上了，输血量减少一半左右，昨晚四袋，总体一个平稳的状态。”ICU 内部别有洞天，玻璃房一间间，多人间，单人间。妈妈从 7 号床转移到 23 号床，那是一个单间。头部插着各种管子，血液在脚后跟的仪器里循环。妈妈脸色蜡黄，上眼皮紧紧粘着，不像原来那般痛苦，安定下来了，呼吸也匀称，血压 113/78。”人还没有醒，这是让我们最担心的地方。医生判断脂肪液化的可能性很大。妈妈的呼吸、心跳、血压，证明她还活着。外界的一切于她都是混沌，她在生与死的边缘。她的生命体征起伏波动，影响着 ICU 外亲人的情绪，余波在八百里之外的无锡也深深震荡着。医院具备治疗的条件，又有专家坐诊，希望的光芒一点点照进大家灰暗的心里。

妻子不在身边，孩子脸上的笑容也少了。不听话也没人骂他了，不是应该高兴还来不及吗？他有时会拿出小提琴，一个人坐在房间里静静地拉。教小提琴的邵老师，女儿嫁到日本，去年底生宝宝，邵老师去日本探亲。因故直到现在也没回无锡。我们对生活有多绝望，对它就有多热爱，这个世界是我们唯一的王国。

两个女儿常年不在父母身边，现在妈妈遭遇生死危机，一刻也不能走开。平时打个电话都觉得多余，此刻盼望她醒来，看一眼，说说话。人的生命力有多顽强，何况这只是外伤，不足以致命。和我的父亲遭遇不一样，他从活蹦乱跳到逐渐枯萎衰竭，我们慢慢被痛苦驯服，我们知道会有那么一天。而妈妈，很突然，来不及我们思考。迎头一棍子，死亡几度粗鲁地要将她带走。然后一点点放出生的希望，这样它才尽兴，它根本就是个大魔头。如今我们都在走上坡，父亲那会刚好相反。当然，现在定论过于草率。生存在左，死亡在右。厄运有时防不胜防，它不讲道理，搞得人心神不宁，鸡飞狗跳。

绍富去车祸现场附近调监控，那么多探头竟然只是摆设，这是诡秘的地方。从伤口判断，妈妈是站立的时候被撞倒，而不是坐在那里。倒下的时候磕掉三颗门牙，头部没有任何防护。她没有醒过来，事发经过只有肇事者的一面之词。第一次见肇事者，他喝了酒，双颊绯红，讲话豪迈，“事情已经出了，不管花多大的代价，救人放在第一位。”说的话很坦荡。而躺在ICU的妈妈，还在和死神搏斗，病房之外，生者和魑魅魍魉斗法。医院几次找家属谈话：“你们做好思想准备，治疗坚持到国庆节，醒来的可能性不大！”这是一条命，最亲的人的命，一线希望，万分努力。娘舅去找姨婆的儿子赵岳星博士，他直接给医院打电话，院方态度又是一个大转变。如果没有人说情，如果没有财力底气，她已经入鬼门关万劫不复。就是猫有九条命也用完了。背后总有一股力量，让人发毛。妈妈至今未醒，有生命体征，但没有意识。一旦睡着了，真相也将死亡。这飞来横祸要有一个说法，救治和寻找真相同时进行。

妈妈的身体在渗血，院方请杭州的专家过来会诊。专家会诊后给出判断，头部遭受重创，处于脑梗症状。动脉的两根插管要视情况拔掉，撤下ECMO。最坏的结果，大出血，彻底失败。也有赢的概率，肌体恢复，专注于治疗脑梗和骨折。

这段时间生活乱了秩序，负面情绪翻江倒海。文字灵感稍纵即逝，存放一天，会蒸发掉许多。自己写的文字，初见乍欢，放久了，就会发馊反胃。文字也是无能为力的。

“下午拔管，专家留现场观察了一个小时，初步判断成功。未来的 24 小时是危险期，然后重新各项检查，从脑梗入手，醒过来后再对付骨折。方案这样推进，每一步都不能有闪失。”从和妻子通话的语气，可以判断妈妈的治疗进展顺利。

次日情况又不妙，“瞳孔有些放大，等再做系统的检查才能进行下一步诊疗。院方已宣布脑死亡，不能自主呼吸。”妻子声音哽咽。家人仍不甘心，托陈阿姨的女儿将相关资料传给华山医院的大夫，三分钟后回复六个字：“交给医院处理。”言下之意，气数已尽。这个结果犹如晴天霹雳，把活着的人逼入绝境。八天了，人就没有醒来过。妈妈的手掌留有余温，妻子喊：“妈妈！妈妈！”她的眼角会微微湿润。妻子把妈妈抱进怀里，紧紧抱着，妈妈似乎生气了，她又把妈妈放下来。妈妈像是一只掉入死亡陷阱的猎物。

找到相机里的一些老照片，2016 年的时候妈妈来鼋头渚游玩，拍的都只是远景。还有老家的回忆，一张她给爸爸理发的照片，他们分别站在老房子和新房子的合影，那是拆迁之前的最后记忆。脸上的难舍，心里的留恋，照片记录着所有被时光毁灭的东西。

把所有的回忆收集起来，善良淳朴的 A 型血的女人。我娶了她的女儿，她没有一点点为难。而她的女儿，好脾气基因被稀释了，我像是为妻子量身定制的出气筒。

我给绍富打电话，他说妈妈基本回天无力，只能等待她的自然消亡，有些事只能等，它总会往前走的。心里的缓冲期逐渐削薄，该面对还得面对。失去和死亡坚定存在着，火焰熄灭的过程，令人无助。

三

国庆、中秋撞在一起，有八天假期。妻子执意要两个孩子回去见外婆最后一面。我分别给孩子班主任递交了离锡申请书，承诺将严格遵守疫情防疫相关法律法规要求。绍富从上海把女儿怡婷带回老家，妈妈挺着也为孩子们能看她最后一眼，喊她一声外婆。以后再也见不到听不到了。那晚天上的月亮和妈妈一般瘦。

爸爸对着结果无可奈何，去一次医院偷偷哭一次，经常在睡梦中大喊大叫："老太婆，你要是走了，我也活不久了啊！"妈妈躺在那里，木头一样，身体开始萎缩，像一把卷起的扇一样紧。下肢产生溃疡，腹部鼓胀，靠氧气吊着这半条命。私下，我们也狠心想过，为了减轻她的痛苦，终止治疗，把她拉回家。医院多次下病危通知书，又都化险为夷。生命如此坚强，但医生也不知道她何时能醒过来，脑死亡不可逆。要我们接受结果，可结果又留着生机。她的心跳很有力，她的呼吸、脉象都平稳，那种想法简直罪过。如果在医院断气，直接拉去殡仪馆。然后只能在室外搭个蓬，简单搞个告别仪式。而在农村，都要让族人在家里闭上眼睛。然后在祠堂放上几天，做一些法事，出殡那天去火化，再将骨灰落在集体公墓生圹。车祸程序要复杂一些，一旦死亡，法医要上门，交警要定责，不确定因素增加。

爸爸去上班了，也只有工作状态，他才不会想痛心的事。哥哥单位也很难请假。医生有什么举动，先把风险告知，女儿当场签字。姐妹俩天天守在医院，仍然无法弥补对妈妈的亏欠。姐妹俩初入社会的时候，在省城上班，个把星期回家一次；虽然找的夫君都是本地人，工作地一个在无锡，一个在上海，嫁人后都在外地，逢年过节有时都指望不上。我们去ICU 找主任，来了一个助理主治。他的话让我们重燃希望。"人醒不来，手术预后会很差。你们现在做的一切，到最后可能不会有一个好的结果。也许有一线生机，但很可能人财两空。""而治疗有个窗口期，十天还太短，至少半个月，一个月、三个月。”妈妈颅内出血，脑积水，而且不止一个出血点。金华中医院、杭州专家、上海华山医院，都表示治愈希望渺茫。家人一直不能接受，她还有呼吸和心跳。给医生一些机会，给亲人更多的时间。至少床上的那个人，我们摸得着看得见。不要让她变成墙上的遗像，变成生矿里寿盒装载的粉末。

下午两点到两点半，ICU对外探视时间。家属套上隔离衣，戴好口罩，安安静静地走进去。她的世界只剩下亲人一次次的探视，给不了任何回应。医生用刀剔除腐肉，包扎创口，她不会喊疼，眉毛都不会皱一下。生者眼泪纵横，不如就此了断，拔了呼吸机，把她带回家。她的呼吸平稳，心跳有力。儿子失去了耐心，两个女儿、丈人每天来看一眼。我们不能放弃，哪怕只有几分钟，她终究是个活物。那道不锈钢门，隔出两个世界。不健康的人，不快乐的人。在这里，意外像是一种常态，平安才是意外。昏迷不醒，人生的最后时光，财也空人也空。里面是怎样的一架机器？可以把关联人的生活拆到七零八落。

看妈妈年轻时的照片，眉梢眼角藏着秀气。爸爸27岁的时候丧父，为父治病欠下一千块外债。那时爸爸在煤矿的月薪只有36块钱。三个孩子相继出生，一家八口人住在48平方米的祖居，睁开眼就是柴米油盐。

去后山头看妈妈整出的大片菜园。番薯容易栽种，生命力极强，它和美花一样性情温和又朴素坚定，丈人带我们看了五六块地，秋葵、辣椒、茄子、青菜、南瓜、冬瓜，丝瓜、长豆，都是纯天然的。页岩土质适合野蛮生长的物种。把种子埋进土里，它们吸收阳光和风露雨雾，不断向四周扩散。每天早上去菜园，从事两三个钟头的劳作，然后回家准备午饭，这是美花的工作，她才不去跳广场舞。满山头的农作物都是她的孩子。菜农问起，“最近没看到你家老太婆啊。”爸爸把事情原委说出来，一个下午重复了三四遍。“哎，真是飞来祸啊！”菜农连声叹息。他说出去，又收回成倍的安慰和同情。

医生开了处方药，本部没有，要去金华中心医院的私人药店购买。

一来一回，两个小时。“小小金华府，大大兰溪县。”那是几百年前的故事。如今有钱人去金华或省城看病，也不仅是心理作用。

中秋夜，天上的月亮躲到哪里去了？我怎么看不见。吃月饼应景，一家人尝遍杏花楼的十种口味。病房里躺着的妈妈，不知今夕何年？“妈妈，快起来吃一口月饼。”月亮从窗外升起，难以弥补我们这一生的缺憾。今晚的月光照见让人心如刀割的画面，也照见无处可逃的离殇。

ICU 每天都有哭声，一对父子瘫坐在墙角抱头痛哭；年迈的老奶奶声泪俱下，小伙子拍桌子诘问护士，惊动保安。这些就在身边上演着，我们身上的疼痛似乎被抽掉一些。医生时刻与死亡做斗争。生死有命，富贵在天。前半句我信，后半句是逃避现实无能的借口。每个人都是自己命运的缔造者。妈妈像一具木乃伊，呼吸机维持着物理生命，血压、含氧度、脉搏都在一个波动值内。

生活如同脱轨的火车向我们袭来。妻子在兰溪要待多久，取决于妈妈的状况。医学上她已经死亡，靠插管呼吸，注射营养液，维持生命体征。一个人的生命极其顽强，她不舍离去，我们也不会放弃。医生给不了期限，生出一种听天由命的无力感。上海阿姨不无感慨地说：“吃这些你送来的丈母娘种的番薯、霉干菜，有一种心酸的感觉。”我们的悲伤在她眼里藏不住。

越来越觉得自己的颓废，生活没有恢复到 9 月 20 日之前，我又当爹又当妈，朝九晚五上班，接送孩子，冷不防的八百里隔空电话。被刺激了几次，现在也坦然了。那一天总会来临的。妈妈的呼吸规则有力，尽管她的大脑一片空白，身体依然热血涌动。她还活着，睡着了而已。

当真相变得无法容忍，人们索性就把它忘记。实际上它停留在脑袋里的某个房间，忘记不是治愈，它让人产生焦虑。

四

妻子来电吐槽，埋怨我不关心妈妈死活，说我心里只有自己的母亲。绍富人在上海，每天一个关心电话，“妈妈咋样了？好些了吗？”没有对比就没有伤害，小女婿真有心。“那个躺在病房里的人实际上不是你的妈妈了，她已经死了。”但是我说不出口，我不是医生。人生总是寂静而又漫长，充满太多的未知。

妈妈在我心里，已经消亡。女儿没离开病区半步，比跪在坟墓前令人欣慰一些。没有接受她的死亡其实是在自欺欺人。以妈妈的性格，“你们回去吧，把家里照顾好，不要担心我。”她还是会这么说。可是，这是绝路，生命的尽头，不可能听她的话，忤逆也不必追究。

活着的人，要如此悲痛，什么都不做，每天的生活就是看沉睡的身体几眼，幻想着她能醒来。工作不要了，家也不用回了。人家给你客套的安慰，并不能取代我的位置。我能做的，只是在后方操持这个家。照顾好孩子，洗衣，做饭；还要经营人生，喜欢的，不喜欢的，轮番上阵。她只看到表面，被那些肤浅的嘘寒问暖感动了。我的母亲在人世，我也没有陪着她。你的心里只有你的妈，我理解。你觉得我做得不够好，我自觉理亏。别人看不到，我也不会到处传播。

时不时要碰撞一下，两个人分开彼此折磨一下才消停。

妻子在电话里说，最近爸爸的睡眠不好，凌晨一两点，三四点，五六点，不间断醒来。原来碰到枕头就打呼的一个人，濒临崩溃边缘。他的脑海里有一座宫殿，住着亲密爱人，房间里发生了地震，记忆不停摇晃。家就在这里，但是妈妈再也回不来了。对于爱人醒不来的事实，他并未完全领受。他对她说过：“老太婆，你要是走了，我也活不久的。”为了一点小事，他对她大发雷霆，她默默忍受着。平时对她颐指气使惯了，他为此感到难过。现在轮到他沉默不语，那不是爱，只不过是忏悔而已。他对她的感情像一块石头卡在喉咙里。

生活比小说精彩，我却无从下笔。

妻子看到妈妈下肢腐烂的惨状去找医生，他冷冷地说护士会处理的。她的呼吸还在，可以看到她的样子，但这个世界已经抛弃了她。说她有生命，已经脑死亡；说她离开了吧，心跳呼吸有力反驳。遵从天意吧，让她心脏跳下去，每天还能够看她睡着的样子。肇事方失去了耐心，不再垫付医疗费，法律也没有硬性规定，绍富立马打二十万到医院账户。人在，还能看到希望；这口气断了，人也就成为墙上的一张相片，墓穴里的骨灰盒。

妻子积聚在心头的怨愤在调解室彻底爆发，我们要真相。肇事者说不清楚前轮还是后轮碾压的，附近商家以没有备份为由不肯调监控。妈妈救不活了，那至少要还原事发经过，怎么撞上去的？送到医院前发生了什么？人躺了一个多月，每况愈下，早上医生紧急通知家属，妈妈的生命体征出现反复，大家心都提到嗓子眼了。妈妈的日子真的不多了。肇事车辆起步，然后几秒钟停下，没有二次碾压的趋向，这是间隔 800 米外支干路口监控的记录。很模糊的画面，那天早上飘着雨，看到肇事车起步，停下，看不到妈妈。这就是不完整的事发经过，也是妈妈送医前的最后影像。

五

妻子 22 日回无锡，准备 24—25 日执业药师考试。这几天，妈妈情况并不稳定，医生无法给出精准期限。交警队找爸爸问话：“美花出事前有哪些反常？有没有留下什么话？有轻生的念头吗？身体状况如何？有没有重大疾病？”

这一个月，妻子在老家医院的重症监护室和娘家之间奔波。从专家给的脑死亡诊断开始，她的灵魂和身体一遍遍与生母做着告别。美花的丈夫、女儿、儿子，重复着这份仪式。调动一切可利用的资源，结局并没有一丝改变。她的心跳有力，呼吸平稳，血压正常，安静地躺在白色雪地里。雪堆下面，其实缠着绷带，下肢开始溃疡，她知觉全无，在渐行渐远的路上。亲人们每天的探视里藏着不舍和挽留。女儿们难过是因为成家以后陪伴母亲的时间少之又少，连打电话都匆匆太匆匆。菜园里那么多的果蔬，你们不该检讨吗？为什么不等主人来了再成熟？儿子，你应该跪下，家产全要，对二老不闻不问。大女婿你就跪着别起来了。这个时候，不能像往常一样压住苦闷，去刺激一个心里受伤的人，对你寄予厚望的人。“老天爷，你为什么又不说话，你的忏悔有几分真实？”

女人在家，会像一个家，整整洁洁，清清爽爽。婆媳之间，合拍的少，好像是中国难题。敏感的女人睚眦必报，男人和稀泥的态度总要出洋相。这两个我深爱的女人，相处得并不融洽。在她失去妈妈强忍悲痛的当下，她来找男人呵护，男人却挥舞着狼牙棒。她哪里受得了？她说出难堪的话的时候，没有顾及我的感受。错就错在我没有包容她的情绪波动，把皮球顶了回去。“你一年到头给我母亲打过几个电话？你父母双全，我就一个妈，你做过什么？”她实在不是一个会哄人的人。母亲给我生命，为何不能爱屋及乌？“你给你爸妈灵芝西洋参孢子粉，你想到我的妈了吗？连陪她逛街买衣服的耐心都没有！”有些话应该闷死在心里，受了一点刺激，竟然活蹦乱跳。我也有很坏的臭脾气。我希望她能圆滑一点，大度一些。她哭得伤心，捶胸顿足的，心弦断了，真怕她做出极端的事情。以为老公会给她安慰，哪知说了让她崩溃的话。她有很强的自尊。但是在我面前，每次都要蹂躏我的自尊到尘埃里才善罢甘休。有时不想计较，可这次就把我心结打开了。她受不了，我倒释然了。送她去考点，她在地下车库歇斯底里，甚至瘫坐在地上。我把她扶到车上，一路哭哭啼啼，她有些语无伦次，重复说几句话。并且不容许我争辩，这是她 20 年来爆发最彻底的一次。压抑了太久，生活把她逼上绝路。妈妈的离开就在这几天，她硬挺着坚持考试。在老家陪着父亲的那些日子，心里孤助无援，回来寻求老公的抚慰，哪知铁一样冰冷，甚至说了她不能接受和容忍的话。她想死的心都有，我真的让她彻底寒心。希望她顿悟，她显然和我想的不一样。我说过了，就忘了，她会揪住不放。我的思想一段一段的，几秒钟就过去了。我不是不爱她，也不是否定这20年的婚姻，只是相互的脾性没有磨合到位。我一味谦让，那么我的情绪垃圾会满仓。她没有自省的机制，不肯迂回，或者独断专行。很难去改变她，但是我一直在努力，可能方式很特别，下手特别重，她甚至会断裂。

她的左手麻木，失去了知觉，伤心过度，机体产生了应急。我赶紧去附近药店买速效救心丸和红花油，不停揉搓，真担心她会昏死过去，这个样子还嚷着要去考试。谁敢说她不坚强，她会对眼前的男人死心，她把他想象得过于完美。那么此刻，她有独立的自己吗？可以抵御世界的一切伤害。不能理会老公的用意，那我也无话可说。不逼一下，她意识不到哪里出了问题。我看上去冷血，内心永远不是。

好像有感应一样，小姨突然来电，说妈妈情况很不好。这是母女连心的暗示，“不要吵了，好好过日子！”她刚刚走入考场，求生机制激发以后，她变得冷静，这非常令我不安。

这一个月，我又当爹又当妈，我的心里备受煎熬。一个人的无眠，两个人的吃喝拉撒。冷不丁受一下儿子的气。在给他们洗短裤的时候，我看到了黑色的荷尔蒙。弯弯曲曲和笔直的，两个人都在成长。

第二天的考试难度比第一天大，如果没考好，我有不可推卸的责任。崩溃疗法，有很大的争议，用在亲爱的人身上的后遗症就是可能永远失去她。那对我的人生也是一种极大损失。她那么弱小，偶尔对我使坏，并不是真坏。她的身体像猫一样柔软，她有一万个我值得原谅的理由。

六

妈妈病情危重，整张脸已经脱相，下肢浮肿，像一个动一下就要飘走的气球。死亡一直是我们不想面对的事情，更不想放弃任何一丝希望。她身上插满管子，这和去世前的父亲极为相似。她的心跳、呼吸、血压，全靠机器。医生很坦诚，没有医治的必要，能理解地方风俗，拉回去在家里床上拔掉氧气，灵魂也会跟回家。马路上的流浪狗似乎闻到了死亡的气息。

目前为止，医药费花去30万，人到濒死的边缘，就在这两三天里。我怀疑自己将会错过最后一面。肇事车辆鉴定结果出来了，制动、转向、灯光符合安全性能要求。绍富去咨询律师，给出的建议是要等一切尘埃落定。

家里已经准备妥当，按照农村的风俗备了寿衣、香烛、白糖、糕饼，哭泣屏在胸腔蓄势待发。这一场生离死别很快就会到来，妻子即将失去妈妈，我的生命里不再有丈母娘。

哥哥和嫂子几乎没有交流，两个人安安静静。小女儿调皮得很，咿咿呀呀地叫，像只快乐的小鸟飞进花园。她展开双臂，到处索抱，给块糖就黏着你。三岁了，还不会说话，她深邃的大眼睛里似乎藏着另一番天地。

两点到两点半，ICU家属探视时间。一窝蜂聚拢到登记处，然后套上防护围裙往里冲。戴眼镜穿紫色护士服的小姑娘还会要求探视者出示核酸检测证明。ICU是一个让人崩溃的地方，活着的人进去见亲爱的人，流着泪出来，声音哽咽，令人揪心。捶胸顿足的家属喃喃自语“一天一万多块，连痛都止不住，怎么办才好？”这道鬼门关，笑着推进去做手术，可能就下不来台，昏迷不醒或植物人。幸福粉碎机昼夜不停，如果可以选择，一定不要来这里。它张着大口，吞噬生的希望。健康是福，善待自己病魔才不会找上门来。白衣天使们看淡生死，才能处置死亡。癌症、车祸，两个凶狠残忍的刽子手。

收地里的番薯应该是妈妈在这个秋天最后的心愿。各家派代表出动了十个人，翻割、刨地、捡拾、运输，半天全部整完。把荒芜还给大地，老天，你拿什么拯救美花？

妈妈的呼吸越来越弱，心跳103，血氧合度50，整个人像具木乃伊。

爸爸说："要断气也要在自家床上，被头一包，往车里一塞，背上楼。"唉，怎么可以如此草率。

七

早上我在给孩子烧面条的时候，太太来电，她说得很平静："妈妈凌晨走了！"我顿了一秒钟："对不住了……我马上定车票……"凌晨两点半医院来电，三点多救护车拉回家，给妈妈换了衣服。上午法医上门，又脱个精光，各角度拍照取证。她耗尽了最后的元气，还是没看这个世界最后一眼，也没有留下只言片语，这是所有人不能接受的地方。她的死，仿佛一阵吹散的风，不知去向。伤心欲绝在每个人心里搅缠。一个老好人，与世无争，只知道埋头苦干，竟然遭遇车祸去了天堂。她一个人，目不识丁，如何在那里立足啊。她不会做饭，肚子饿了，怎么办啊？她是一个胆小的人，她是一个逆来顺受的人。人世间从此不见了。

我很难用笔墨去刻画她，她不是我的生母，她把大女儿托付给我。她对我很好，近几年，我很少给她打电话。受不了她急于挂电话的催促，我身边的女人越来越像她。她年轻的时候真的很美，脸颊玉润朱红，像一朵绽开的玫瑰花。近年老得快，像蔫掉的茄子，最后烂掉。她走了，我心里非常难过。我们隔了八百里。前一次看她，我站在她面前，她抖动了一下，似乎感受到了我的存在。我明白她的心思："两个人好好过日子，她脾气再怎么不好，也别介怀。她嘴硬心软，不会虚伪、算计和讨好。"这是她留给我最后的话。最后一次看她，她已经不理我了。

我的双腿有些发软，妈妈真的走了。妻子颤颤巍巍，我不在她身边。我的心海早已决堤。池塘里的青蛙几天没有浮出水面，这就是不好的预兆，我只是没有想到会如此快。我并不喜欢去医院，这很容易触碰六年前父亲临终的回忆。那时的我没有如今豁达，但凡可以重来，父亲都不应该动那一刀，母亲也不至于孤苦伶仃。他带走了世界上的忧伤和哀痛，这个世界之外不会有救赎。两个人，一个人先走，后面跟着大队伍。

暮秋风和日丽的宜人气候给人们制造出冬天永远不会到来的假象。妈妈静静地躺在床上，雕像般的姿势如标本。老婚床历经半个世纪，三个孩子都从这张床爬向这个世界。时间仿佛变得虚幻，她回来了，和往常累了一样躺下，睡得好香。房间里没有药水味，身上不再插管，没有白色的影子，这样多好啊。熟悉的街道，通往菜园的小径，她去过的每个地方，冻结在有声的沉默里。爸爸不得不承认正在失去她，在这个过程中，不知道她在思想什么，越靠近她，两人的距离越远，女儿听见爸爸心碎成渣的声音。这个世界上不会再有妈妈的微笑。

摆放十小时后，妈妈由四个棺材头转运至祠堂入殓。曾经风风光光被心爱的男人抱着迎娶入门，如今凄凄厉厉独自躺着离开这个家。亲眷们跪地痛哭几近崩溃，两个女儿呜呜吼叫着。

妻子回到上黄家里，母亲在门口纳鞋底，她背着个包，母亲一时没认出来。母亲后来在电话里把这一幕告诉我。她抱着母亲号啕大哭，母亲也是眼窝很浅的一个人。她的妈妈身体已经冰冷，我的母亲给她温暖。她失去了生母，这是离婆婆最近的一次。悲伤地相拥，也是坦诚相待的开始。我在面前，也会落泪的，有悲伤也有欣慰。她会离那个真实的自己更近一些。我的母亲也是她的妈妈，母亲一直这样对待她，而她很多时候活在回忆里，回忆并不甜蜜。她的真心不容置疑，这个时候她像是坠入深渊的孤儿，等着母爱拉她一把，这样才可以脱离苦海。母亲会抛开一切，双手把她擎住，视如己出。母亲的两个女儿不会妒忌她，母亲的爱如大海般辽阔，妻子可以恣情遨游。

我没能在现场，心里怀着深深的愧疚，会带着一辈子的遗憾。她的妈妈也是我的妈妈。失去挚爱的痛如割肉剔骨般的痛，妈妈离苦得乐，从此安息，她会在新的世界里安生。她给阳间带回一个讯息：你们未来的路还很长，好好活着。她会注视着我们。那些先走的亲人最后都变成了天上的星星，所以我们眼里的夜空高远灿若星河。

爷爷过世的时候，家里做了几身白衣孝服。那时我才十二岁，奶奶过辈我穿过，父亲去世我又穿起。现在又要拿出来穿。倒希望永远压在箱底，不见天日。亲家两边，都只剩半壁江山。

当天只买到无座票，我蜷缩在车厢入口处，背靠门侧板。上海虹桥站之后，前进感被后推背感代替。在车厢里一直有个错觉，以为自己在倒退，其实列车在往前走。周末的晚上，到处是深红色的拥堵，散发着魔都的魔力，而我要跨过那么多的拥挤。动车飞起来有些晃荡。人间不也是这样的吗？某些场景让人颤抖。道路千万条，我们不停变换着前行的姿态，我们可以回到故地，却回不去那个时光。它被挂在墙上或者印在日历中，就像美花，终究没有醒来。

八

灵堂设在崇正堂，宗祠四周的废墟上野草丛生，倘若挨到现在，庄子恐怕拆不了，妈妈也不会以这种方式来这里。

灵堂上方挂着斗大的“奠”字，左右两边一对挽联。灵堂前设一张灵桌，桌后方正中央置黑边镜框遗像。桌上摆着供果、供菜，中间放灵位，两旁香烛高烧，香炉置于灵桌前方地上。灵桌两旁置放一对黄白菊鲜花篮。靠墙挂满花圈花篮，挽幛挽联粘贴在花牌上。灵柩尾部摆着一张竹椅，披着妈妈常穿的红格子外套，椅子底下摆着一双皮鞋，38 码。墙角小碗里点着“长明灯”。

灵堂外设两张小方桌，置桌椅若干，一张放香烟茶水，一张为收礼处。小姨子管账，做好登记，当场收礼回礼。哀乐 24 小时徘徊在四角的天空，白天飘云朵，夜晚看星辰。乡邻带着“香盘”（红烛、锡箔、烧纸、香）来祭拜，亲友丧礼薄厚不等，两个女儿负责接待。祭者说一些贴心的话，姑姑给来者倒一杯白糖水，来者通常会喝上几口。糖水稀释着失去亲人的痛苦。念经婆在灵柩旁“运材头”，通报吊丧者之名，运一些保佑祭者全家的吉利话。

妈妈躺在冰棺里，透过水晶盖可见她额头皮肤光滑细腻，眉毛、眼睛、掉落的下巴，表情比在ICU安详。她在我们的凝视中、在她生活了大半辈子的土地上安静地睡着。妈妈露在外面的脸庞像大理石般一动不动，躺在那里供人瞻仰。世间一切，终归是尘归尘，土归土。

冰棺压缩机不定时重启，崇正堂厅内的白炽灯就跟着闪烁一下，不时按着一明一灭的快门，显得有些诡异。上半夜，哀乐吊打耳膜，蚊香麻醉神经，右侧牙龈肿痛。这是什么混账夜晚啊。一条被子裹着自己。灯草燃着，白蜡烛烧着，香火点着，月亮被云层缠绕着，像宝玉额头的玉佩。死神埋伏在左右，夜色为虎作伥。后半夜，哀乐降低分贝，我成为旁听者，有着两米的距离。两只蚊子自寻短见，丈人和绍富平躺一张木板床，我仰卧在躺椅上，动弹不得。白蜡烛，红色长香，不知疲倦的哀乐播放器，撕裂着睡眠。倒也迷迷糊糊到五点半。夜幕一点点变薄，飘起了雨，有些冷清。剪掉多余的烛心，跪着焚烧金元宝。妈妈的灵魂是在的，多烧些，升腾的热气给孤魂带去温度，也温暖我自己。

车队十一点一刻从崇正堂出发，一路撒纸钱，殡仪馆的车跟在它后面，亲属分乘三辆车随后。从振兴路、上园路、西山路、延横山大桥，经过马公滩、环城路到达殡仪馆。灵车直接开进去，随行家属人人手擎一炷香，戴好口罩，测好体温步行而入。去的时候车前挂一朵白花，回来换成红花。

有一间单独摆放冷柜的库房，整整一排不锈钢立柜，单列三个抽拉式长柜。美花安排在31号。插卡的代表柜子占用，卡片标注姓名、年龄、地址。零下二三十度，江南造了一个北极出来，妈妈受够了人间的苦，又要关进冷库。事情没有圆满解决之前，冰冻的不只是妈妈的遗体，还有家人撕心裂肺的痛，心里深埋的不舍。车队回到祠堂，众人给灵堂上香。妈妈的事暂告一个段落，我们的生活逐步回归。

九

妻子返锡后，家里连搞两天大扫除。那个耀武扬威的女主人回来了。整洁有序的样子重现，她在细节上对家有近乎苛刻的标准：客厅一尘不染，厨房井井有条，进门要换鞋。家里三个男人专门和她作对，邋里邋遢，随性而为，保持不了几天，垃圾满地，衣物乱扔，令她抓狂。

她继续回药房上班，连轴转的同事也终于可以正常轮休。但是妈妈的事情并没有结束，和解还是起诉，家里人已经有了立场。人在冰柜里，尚未入土为安。多厚重的弥补都抵不上一条鲜活的生命。有时真相无法完全接受，心里极力想把它忘了。可那件事还会像幽灵一样在某个时候闪现。遗忘产生焦虑，而不是真正治愈。

妈妈的尸检报告出炉，通知妻子回去签字。现在肇事者每走一步都把律师带在身边，他不会为妈妈挤一滴泪，连道歉听起来都那么蹩脚。用闪电劈他，都浪费电。哥哥也请了律师，等着法院开庭。可怜的妈妈至今还在冰柜里，人间的太阳也温暖不到她。罗翔老师的话此刻又在耳边回响："虽然我们在现实生活中经常性看不见正义，但是我们依然相信正义是存在的，我们要朝着正义去前进。"赢这场官司毫无悬念，但是失去的亲人再也回不来了。罪恶只是一种颜色，其他的色彩还包括慈爱、善良和怜悯。

两个女儿从两个方向往兰溪赶。法院提出双方先行调解，家里人不争也不吵，最后给出合适的方案，签字画押。妈妈没有醒来，69 岁的生命定格，她永远留在了 2020 年。

尘埃落定，我要回兰溪。冬雨丝丝绵绵，密密麻麻，我穿过天桥坐公交转地铁。看着 77 路在眼皮底下开走。急着归家的车灯直插黑夜的心脏。小区拐出来一辆出租车，真巧啊。雨天的晚高峰，打的就像一个你喜欢的人带你去你讨厌的地方。差不多半小时，沿金城路高架出兴源路匝道上太湖大道走兴昌路，直接到天台，七拐八弯到候车大厅。G7491 安庆到衢州，还有零零散散的空座，站台上刮着流浪的北风，它要跟着我去江南送走一个人。

按风俗，爸爸不能去殡仪馆。大叔、二表哥、四个棺材头、念经婆、小姑、小刚、大哥大嫂、女儿女婿，一共开了五辆车去。到达殡仪馆附近，来往的车辆在雨雾里咆哮，那些重卡、出租车丝毫没有避让的意思。棺材头冲在前面，哥哥、长女、次女，分别安排大叔，小刚，二表哥搀扶。绍富去窗口领一张表格，单子显示 11 月 2 日入殓 31 号柜。穿白大褂的工作人员手里捏着厚厚一沓，每一张纸都是一个生命的冻结，一长排有 48 个冷柜，每个不锈钢柜抽拉面插着一张耷拉下来的纸签。姓名，年龄，来处。我瞟见另一侧年轻的数字来自某医院。一条生命，像一个物品被寄存，延缓它的腐朽。世界上并没有永垂不朽的物件。活蹦乱跳的生命，也会戛然而止。山坳被云雾笼罩，蓝色的烟，白色的云团，升入大气，灵魂从这个烟囱口升入天国。

我觉得一阵阵阴森的气息，汗毛直竖起来。缴费、查验办理人身份证、死者身份证、户口本、黄色的押金单、公安局的火化证明，然后在一旁选骨灰盒。有十几个品种，人生最后的归宿。每一个都赋予象征意义，几块木头岂能装下一个人的一生。后人就靠它认祖归宗，再亲的人，都可能比你先走，那一盒白骨也没有融入山川大海。逝者又被集中在一个地方供后人凭吊和祭奠。

火化分高级化和普化，提供化妆、开追悼会、礼炮鸣放等服务，明码标价。打开 31 号柜，亲人还能再见上最后一面。脸色发黑，鼻孔依然有红色的血浆渗出来，不忍直视。她生前没有留下一句遗言，这让爱她的人备感崩溃。妈妈最后的模样像是被死神啃噬剩下的残渣，那个温婉贤淑的女人就这样香消玉殒。她的一生可以用两个字形容“凄苦”。“妈妈你快逃啊！”两个女儿号啕大哭。白大褂推着尸车往长长的连廊走去。一具肉身到此，走完人世间最后一段路。关于妈妈的现实细节丢失，女儿们尽可能在记忆化为灰烬前攫取更多的线索。五十分钟后，骨灰盒捧出来，工作人员报她的名字，前面加上地名："兰江水董……赵美花……"众人在棺材头带领下去摆放遗像的临时灵堂，一排有五六张画像，妈妈最年轻，他们是喜丧，而她是冤魂。哥哥抱骨灰盒，小叔打伞，妻子捧着遗像，后面跟着她的亲人。沿原路返回，雨丝淅淅沥沥，心跳停止一个月后，妈妈化为大云山上的一缕青烟。

晚上在崇正堂守夜，小叔调侃真不习惯现在的生活。原来热热闹闹，吃好夜饭，这家走走，那家逛逛，茶馆店吹吹牛皮，现在好了，回家坐在沙发上看电视，手里捧一杯茶，像是客人，一点也不习惯。房子分了三四套，还是想去乡下住。"要是不拆迁，也就没有现在这么多事了。"丈人的话一下子使气氛僵住了。邻村高家原本规划拆迁，有大院子的老宅唯恐保不住，把 80 岁的房主急得满屋子打转转。"打祖上就住这里，这里是根…以后要是住商品房，我还不如早点死了算了……"房主一发话，儿子去市面物色，专挑一楼带有院子的商品房。还真是个难题，一直没有找到合适的。房主听说不拆了，脸上恢复了笑容。老一辈对田园生活有根深蒂固的依恋，对土地也有特殊的感情。突然闲下来，心里难受，他们骨子里排斥。

轮到爸爸和哥哥守夜，父子多久没有同床共眠？一下子回到阔别已久的童年。什么时候变得如此紧张，他们在一个房间，犹如弥漫硝烟的战场，也要给妈妈几份薄面吧。嫂子像个客人，平时也不待见婆婆。她走不进婆婆内心的房间，所有门窗关闭着。生前如此僵持，也没了挽回的余地。她每次在祠堂逗留一会儿，就借故离开。祠堂的墙角，一只红头苍蝇被蜘蛛网牢牢粘住，它看上去极度痛苦。

女儿女婿日夜守灵，吃喝拉撒都在崇正堂。近一个月，崇正堂内西北面和东南面先后有两场法事。一个年迈过辈，一个染病不治走了。9 月 20 日入院，10 月 28 日接回家，摆放崇正堂，11 月 2 日入殡仪馆冷柜，11 月 27 日火化，接回崇正堂，12 月 1 日，入土为安。漫长的告别仪式，伤口越撕越大，直到鲜血淋漓，她再也回不到身边了。伤口慢慢长出疤来，却时刻隐隐作痛着。是心冷了还是自己越来越坚强，可是这样的坚强于事无补，似乎是一种嘲笑。每个人都会走到世界的另一端，我们仿佛在借日子活命。

凄婉的哀乐没日没夜低吟，催人泪下，褶皱的记忆被熨平。会有几天的空缺，捆绑着什么都不做。在日夜的轮回中，感觉个体日渐荼蘼，它时刻准备逃离自己的身体。

十

麒麟酒摆了七桌，陆陆续续到了五桌。嫡亲的都会来，毕竟是丧席，太客气了自己也别扭。棺材头、道士、乐队班子，占了两桌。

下午四点钟，乐队吹奏起暖场大调。年轻的道士在灵堂前主持法事。他手摇铜铃，口念经咒。“孝男”“孝女”“孝媳”“半子”一些祈福的话。托大娘舅办了四幅“仙盒”祭灵，白切肉、蒸鸡、馒头（谓“三牲”）、包子、生面条，分别装在三层竹筐里。当场收一半礼，回一半礼。

麒麟酒普通酒席的家常标准。一桌三包烟，两瓶可乐，两瓶啤酒，梅江烧自己倒。席毕众人散去。哥哥在三清道士前下跪，拉开做道场序幕。上边作法，下边奏乐，轮番演进。听从小叔的建议，请哭婆演绎一段悲恸的哭戏。哥嫂、女儿、女婿灵前下跪，开场就凄厉：“母亲大人你死得好惨啊！”她已泪眼婆娑，引导我们入戏。两个女儿哭得稀里哗啦，事后解释说不是她多么煽情，只是捧着妈妈遗像的时候，那双眼睛一直对视，妈妈深情地看着自己的女儿，想起往昔，情不自禁。我准备好了纸巾，还是没派上用场。

哥哥跪拜之后轮到我，接着绍富，休息的间隙我就在床铺里眯着。耳边锣鼓冲天，整个人在天打五雷轰里炸裂。道场置一油灯柱，点着七七四十九盏灯碟，草心浸润在色拉油里吐着火苗，道士们在上堂吹拉弹唱；助兴班婺剧的经典桥段信手拈来。诸多繁文缛节，折腾了一夜，葬礼是为活着的人准备的。无论多么盛大隆重，唯独明月不再升起。棺材头让我和绍富做拉锯子的动作，木头碎末往锣鼓里落。“绍福你在干吗？”“拉锯子”“为谁拉？”“为妈妈拉”。如此反复，我们禁不住笑出声来，大不敬大不敬。

五层楼的灵屋原来可以拆卸的。那么旺的火烧，寒夜的冷逃向八荒。我穿的那件白色孝服后颈处已经出现霉斑，那时的粗布衣厚实，父亲为爷爷、奶奶戴孝的时候穿过。为我量身定做的那件笔挺无折痕，哥哥 18 岁的儿子张科穿在身上服服帖帖。实在是不想穿又不得不穿的遗风，严肃又庄重。母亲一般不轻易外借，它给人一种暗示，披麻戴孝的伤心人，内心和雪域高原一样清冷。

兰江街道在马仙岭建了陵园。水董、杨家头、后王的祖坟统一迁至这里，缴不等的穴位费。布局非常紧凑，一排排小松树，阶梯式生长。墓园还在建设中，低洼处的池塘初见雏形，四目所及，密密麻麻的水泥盒子。祈祷所有相濡以沫的夫妻都能白头到老，墓碑上刻有彼此的生辰，合葬在一个墓穴。

夜晚的无眠在白天作乱，无精打采甚至头疼欲裂。我就是睡不醒，对时间的概念有些混沌不清。现在是早上，还是下午，一时无法分辨。

爸爸还沉浸在悲伤里，这悲伤短期内无法治愈。他和妈妈已经习惯，彼此像两只蝙蝠紧紧挨着盘踞在自己的天地里。如今，只剩他自己。妈妈的离去，对他意味着一种生活方式的消失。儿女们精疲力竭，眼泪浇灌出一片哭泣的森林。生活还要继续。烧完五七烧六七，要偷偷摸摸，不能被外人看见，折磨人的奇风异俗。

人的一生须臾百年，至亲至爱一路走丢走散。记忆有伟大的力量，字里行间，将我们拖回令人难以招架的过去，其中也有散发芬芳和荣光的喜气洋洋的场景。有种似曾相识的亲切感，每个人体内有龙，所以人间值得。

文字记录被死亡毁灭的东西，我成了死亡的帮凶，这本书为妈妈而写。她的一生如同一道闪亮的光束，把黑暗撕得粉碎，我们失去了她。尽管救赎是一种美德，在挚爱面前，我依然无能为力。再多的叙述她都不可能复活，哪怕完整的客观的回忆都拼不完整。

第二辑　造梦者

微尘

大姐二姐清明节给父亲扫墓，而我只能在心里遥祭。他始终在我心里，直到我剩下最后一口气，回到他身边。

隔着时空、隔着两个世界，怀念的日子没有行使怀念。亲爱的人，我参与他的过去；剩我面对另一种未来，和终将消逝的自己。在墓前这一片寂静里，灵魂也保持沉默。我们从温暖的坟墓抵达冰冷的彼岸。

爱不是一句口号。倘若有一片草原，每个人都策马啸西风，未来就不同。或者一个个赶下水，沿着运河两岸来回，枭雄猛将必可得。

爷爷脑中风离世。父亲罹患胃癌，血压也在临界点徘徊。他天天泡一壶绞股蓝，又坚信抽烟能控制血压。这个洞补上了，那里又漏了。

父亲永远停留在 69 岁，某一天我会比他年长。回忆长成心底的一块结节，亏欠和无奈多一些。他的唠叨，他含蓄的爱，沉在心里最深处。我去怀念，它们才会来到我身边。人也有薄情的一面。来路断了，不再抗争，回忆打成包裹，束之高阁沾满灰。某个纪念日，轻轻擦拭一遍。父亲的基因已经潜藏在我体内，然后我又在孩子们身上安插自己的基因。

有时我和父亲一样不说话，只是远远地观望。他们问我，我才会应声。

三十多年前的夏日，父亲从城里回来，他推着自行车，后座上绑着一个纸箱子，那是家里第一台黑白电视机，西湖牌的。那个夏天的记忆被火烤着，一点儿也不美好。

内科医生手术台上打开病人的胸腔，窥探五脏六腑。癌细胞像螃蟹的钳子向四处张开，只能把它缝回去。我没有告诉父亲真相。当父亲不再唠叨，要看子女的脸色，他真的老了。没有父亲的孩子不只我一个，心被掏空成为失落的源头。他埋在八百里之外，家里铁将军一把。父亲留下一堆修理工具，一箱老古董，一根钓鱼竿，一些工作笔记，一本老皇历，一张陌生女人的一寸黑白照。除了这些，还有为我取的名字，我儿子的名字。双眼皮，酒瘾，烟瘾，他把这些藏起来带走了，一个香烟屁股都没留给我。活着，他不能说；死后，我再也听不到。那些远去的年代，折叠的时空，怎样才可以介入？再也没有父亲的双手可牵，我想回到过去。夕阳此刻也照在我的脸上。倘若父亲健在，骂蠡港的鱼一条也不会剩下。一个人的生，或许会导致其他物种的短暂消亡。世间万物讲究平衡，生活无须求证这一点，谎言常常比真相更中听。

父亲离世的悲痛积郁此后的经年。父亲是一个空洞的名号。我梦里叫一声阿爸，再也没有作答。当时间和记忆的连廊被拉长，变暗，过去会以新的姿态重现，回忆变得弥足珍贵。老母亲一个人慢慢耗尽对他的情感依赖。对儿孙的想念，靠手机这根无线。最快也要四个小时车程，这是我和母亲最短的空间距离，她已经不能出远门，像一件价值连城的瓷器。疫情这半年，是我背井离乡后母子相处最长的一段时光。她在我身边，生活触碰到边际；她在远方，尽管是我出生的熟悉的地方，中间依然有捉摸不定。老家族氏红白喜事请柬的抬头现在都写我的名字。

人出生的时候，双手握紧拳头，哭哭啼啼来到人间；最后双手一松，眼睛一闭，一辈子就没了。人活着为了斗争，最后什么都要放下。

春晖

一

无线网络在水泥结构里竟然也迷路，给母亲的电话中断五次。她有事告诉我，总会有个前奏，庄重地叫我一声乳名。把事情说开来，然后重复一遍。我们未放年假，她就在那算日子，“才回来三天呀，你媳妇就不能调班吗？”她再来一句，“正月初二轮到叔叔家招待姑姑姑爷。”

有比所剩无几的亲情更重要的事情吗？父亲走了，思念累积成我双鬓的白发，日日夜夜长着。母亲一直是电话那头不变的牵挂，声音的洪亮也有保质期，只会逐渐空旷。父亲最后的应答发自喉咙深处，他再也不能动弹，眼里噙满泪水，死亡也潜伏在我的体内，与我同呼吸伴我闯天涯，最后它将我一剑封喉。

母亲的手机成了哑巴，没有和儿子说上话。我也走不开，两地 380 公里也是一道屏障。她自己把手机搞坏了，只是想儿女们多关心她，多来看看她？父亲曾经这样做过，关机三天，不知道他在忙什么。可能去外面钓鱼了，也可能去老同学那里，不给儿女们一点儿线索。父亲会发短信，母亲不会。现在，他长眠地下，躲着母亲不见。来生或许真的存在，所有角色被打乱。似曾相识，但是想不起来。所有的神话和那些诡异的传奇，世人把它说得天花乱坠，我们都在往那个世界那条道走。我们其实都是“死刑犯”，自出生那一天起。

二

陪老母亲步行去芦庄菜场，两个人慢悠悠晃，差不多半个小时。她闷坏了，来无锡一个多月，只在小区楼下活动。她几次想要一个人去菜场，语言上不通，方向感全无，还要过几个红绿灯，被我制止。

猪身上哪个部位的肉最好吃，怎样判断菜的新鲜，她都有一套。她念叨起上海大姐家的好，菜价比无锡便宜，家里出门不远就是农贸市场，根本不会迷路。这里还是生，她也怕自己找不到家。路边对她讲话要喊的，声音跑出去老远，不小心被马路上的汽车带走了。我注视着她，她才有反应，大多数时候答非所问。我怀疑她的世界已经把我关在门外。回来走蠡踪桥那段，她说累了，戴着口罩，气都喘不过来。我减缓步伐，70岁的老娘，有这样的体力我也称心如意。她的心里更向着儿子，孙子们。我劝导她，一个人不要去菜场，空着手去，提着菜回，这么远的路要累坏的。可以在小区里转转，地下车库就不建议了，迷宫一样。她不识字，车库空气不流通，容易晕头转向。我想起自己小时候体弱多病，经常流鼻血，一到夏天身上容易长脓包，我是村医宝南那里的常客，我像是专门为他养着的小白鼠。父亲去农田找一些野草，如果有脓包，他就把草嘴里嚼烂，然后敷到伤口处，很快痊愈。天气好的时候奶奶经常去野外采草药，晒干了拿去卖钱。她养了一只棕色的猫，成天像跟屁虫一样在她身边转来转去。奶奶有捉鱼的本领。她在竹篮里放一团米饭，然后沉在池塘岸边草丛。过一会儿她身体轻轻靠近，一把捞起竹篮，活蹦乱跳的川条鱼在篮子里后悔都来不及了。小的给猫咪吃，大的自己油炸下饭。奶奶有时带我去田野打乌桕籽、拾稻穗，这些成为我少年时代特别的回忆。

母亲在，厨房的烟火气最抚我心。一团面粉加水搅拌揉捏，青豇豆、肉丁、豆腐干为辅料，捏紧收口，锅里倒上菜籽油，几分钟，两面金灿灿的豇豆粿出炉了。喝着慢火熬炖的粥，啃着松脆的粿，我也仿佛一下子回到了童年，回到无忧无虑的时光。看着大家吃得满嘴抹油，她笑得合不拢嘴。母亲陶醉在自己被需要的幸福里。妻子带的不再是隔夜菜，母亲早起，给她热炒带走，每天变换着花样。

三

母亲坐在沙发上看电视，她来无锡已两月，心里生出厌弃感。对她而言，这是颇为漫长的离家的日子。倘若不是儿子、孙子们的脸面，她是要回去找她的自由的。春卷皮隔三岔五买来，萝卜丝、豆腐干，吃春卷就像是过节。以前除夕夜父亲亲手包春卷，后来是姐姐们，再后来母亲、妻子，我从小就爱吃豆腐皮包的春卷。记得有一年除夕我把鱼尾巴啃得只剩骨架，此后除夕夜母亲都要提防着我这只“馋猫”。吃鱼年年有余，年糕年年高，食物里也藏着许多美好的期盼，仿佛吃下去就一定能实现。

母亲的饭量比妻子好，夜晚呼噜震天响。冲着这两点，儿子甚是心安。陪伴才是尽孝。母亲身体健康，长命百岁，就是儿女们最大的福分。

耳朵聋的人，听不见闲言碎语，不易受外界干扰。母亲爱追电视剧，这是个坏人，那个人命苦，她在那儿喃喃自语。母亲在身边，心里就少了对老家的牵挂。计划着六七月份送她回家避暑。她有时翻出电话本，本子上的号码一个个打一遍。两个女儿，两个妹妹，一个弟弟，一个新房子（她闺蜜的小名）。母亲还有强迫症，看到谁的衣服纽扣掉了，她就要补上，穿针引线一定要找我的。缝起来绝不输妻子，而且也不戴老花眼镜。

我细细打量着母亲，敲敲她的背，拉拉她的手，摸摸她的头发。年华似水，母亲被吸干了，没有剩一点儿胶原蛋白，还时不时长吁短叹，什么都瞒不过她，“我来买，算我的”，仿佛是个大款。她对钱财并无多大概念，没有钱会急躁，有钱了大手大脚。她心软，见不得不好。人家对她好一分，她对人家好十分。

陪母亲买衣服是份苦差事。她身上穿的棉袄还是正月出门时的行头，一晃都初夏了。带她去阳光生活广场，都是年轻派，扑了个空。欧尚超市，她又觉得贵，说要为儿子省钱。最后去芦庄菜场，老年装只有几款，大红花，太艳了，没穿过这种风格，看不中。我是推着她走的，地摊货，两个姐姐饶不了我。晚上她给两个女儿分别打电话，“身上还是刚来时的棉袄，今天璐璐陪我去看了，买不到称心的。”“不是给你快递了几件春秋装吗？”“小了，穿不进去了。”

我对母亲越来越有依赖感，家里日常她一手包办，不用我和妻子操心，一台电视机就把她收买了。她坐在沙发上看半天，一个人的时候，面条或炒饭。晚餐就丰富了，即使这样，妻子和孩子们有时还挑剔。反正她耳背，我是认准这个味的。他们没我吃的时间长。母亲曾在默姐夫的毛巾厂当过厨娘，要管几十号人的一日三餐。工人习惯称她“黄卫娘”，而不会叫“璐璐娘”。

四

母亲节，大姐二姐特意发来微信红包，我呈给母亲看。母亲乐呵呵地说，“现在真是方便，我都跟不上时代了。先存你这儿，等我需要的时候取出来。”“放心吧，不会贪污，一分少不了。”我冲着母亲哈哈大笑。

阳台虽大，室内不见阳光，衣服总干不透。母亲凌晨四点多起床向窗外张望，骂蠡港桥西边的晾晒场，铁架上空荡荡。她把我叫醒，母子二人一道直接承包了一条晾衣架，我们相视笑笑，第一名。

母亲抽屉里找出几个红包袋，问我上面什么字？能不能用，我说没问题。她把一张100，两张50塞进袋里，转手交给小子，“明天你生日，奶奶给你个红包，明天早上吃烧鸡蛋面吧。”父母的爱里带着威严和挑剔，奶奶的爱纯纯的，没有负担，他们好像还没适应第二种疼爱。一旦迷恋上，奶奶有一天离开了，会哭得惊天动地。我的爷爷在我初二的时候过世，咽气前一直在说话。姑姑们对着宝南（村医）下跪，他摇摇头，眼里尽是无奈。我印象里自己没有哭。2004 年的样子，奶奶安静地睡去，绿色电饭锅里的粥还保着温，她蜷缩成一团。推上殡仪馆的车，我只看到她灰白相间的头发，干枯，毫无光泽。父亲捧着奶奶的遗像，在送葬队伍里我没有哭。头七的某个夜里，一个人突然想起奶奶，眼泪像是一口满溢的水井，打湿整个枕头。到六年前给父亲送终，眼泪也是很坚强。母亲来无锡收拾父亲的遗物，要把父亲穿过的衣服全部处理掉。我的眼眶决了堤，那次哭了很久，所有忍住的眼泪都爆发了。他们都曾聆听我来到世间的第一声啼哭，可是他们走的时候，我要么不在身边，要么已经和眼泪说好现在不是流泪的时候。最亲密的人，不允许哭，他也不希望我哭，而是笑着和他告别。谁会先来到这个世界，谁是亲密的人。看见故人的脸，你又回来了。

陪老母亲去了趟招商城。人挺多的，有些摊位在甩货。短袖，全棉的，素色的。她听不懂无锡话，我给她当翻译。问遍五六家，试穿上，一拉有弹性，不是全棉的，她不要。买的没有卖的精，商家善于察言观色，他要顾客先开价。摸准了底线基本上都会成交。偌大的无锡城怎么可能淘不到母亲中意的衣裳，只是她花头精蛮多的。她的轮廓娇小，低垂的头，凸起的小腹，走起路来脚踩碎步，这就是带我来到世间的女人。我抚摸母亲的脸，岁月刻上了深深的印痕，眼尾纹像鱼尾巴。我把她拉到磅秤上，显示 59 公斤，竟然瘦了四斤，罪过罪过。食欲不振，牙龈上火，夏天也是个原因。我在她身上看见了自己的倔强。

五

端午节，大姐二姐红色炸弹狂轰滥炸。除了徐玲的船粽，阳山水蜜桃也能代表母亲的心意。桃主说白凤桃采摘要到月底，一棵桃树，顶上受阳光惠泽的甜。一个枝丫两个桃，要牺牲掉一个，另一个才会长得更好。产量取决于气候，“甜蜜”的事业依旧靠天吃饭。阳山、马山、鸿山、惠山、锡山，后面都有自然人文长长的后缀。

母亲一直催我把她的过季衣服快递回老家。我三番五次拒绝了她。她把阿庆表哥搬出来，说他多么听阿姨的话，还帮阿姨剪脚指甲。我从来没有为母亲剪过，哪怕是手指甲。孩子上幼儿园有两项家庭作业。一个是孩子口袋里装一个鸡蛋，一天时间，要照顾好它；还有就是放学回家给母亲洗一次脚。孩子听老师的话，妻子配合孩子的作业，心里美滋滋的。为什么作为孩子父亲的我就享受不到这种福利，我要替天下父亲们鸣不平。“我没有上过幼儿园，那时的老师布置不出这样的作业，没有给我练习的机会。”给母亲洗脚要找那么多理由，我真服了自己。去中南家园的快递站，13 公斤扫描支付 25 块钱。收件人地址填的是二姐厂里，到时要她乾坤大挪移。母亲回家就可以两手空空，她倒是有远见。老母亲这回笑了，眼角的皱纹开出一朵花。

本想趁年假把母亲送回老家，自己也停留几天。开春出来的，夏天才回去。黄梅天还关在老家的房子里，不能住人。她已经憋坏了，回家第一个月里，她的计划满满当当。

叶老板儿子中考只有三百六十多分，打电话给林姐夫，要他帮忙搞定儿子念高中的事。林姐夫从上海回浙江特意绕道无锡，把母亲捎带回兰溪。母子告别的话早上说了一大通，老母亲回去了，心里又莫名空出一个位置，里面塞满了牵挂和不舍。

无锡、兰溪两地的气候有别，氧离子我坚持认为五里湖多过环城西路，老家四周都是工厂。母亲人没走，床就拆了，她把用过的被絮床单全洗干净，晾到晒场。我也不知道母亲下次什么时候会再来。老家的房子于我也就是一张床铺，床垫还是结婚的时候从上海带回来的。一些有年头的老物件还能派上用场。最宝贵的是一家人在一起的回忆，父亲只住了半个月。家乡和故乡有本质上的区别，那里是我的家乡，余生都撇不干净的关系。二姐在老家，心里放心了不少。儿子的陪伴女儿代替不了，她有她的孝心，我有我的孝顺。我希望母子情可以久远一些。最少二十年打底，三十年起步。

习惯了一家人在一起，分开了又很想念。我心里也会有千丝万缕的牵挂，每一条潜滋暗长。

夏天很快就要过去了。那些树开始晃动，风不再偷懒。

六

午间的时候母亲电话里对我说，前两天毛竹筒（阿叔）召集她和姑姑们去厚仁看了姑婆。这个曾给父亲两角钱的姑婆一直被父亲念叨。那时他在兰一中上学，暑假的时候，姑婆把赚工分得来的两角钱给父亲当零花钱。在那时，对一个少年来说简直就是一笔巨款。父亲用它看了一场电影，吃了一碗馄饨，买了文具，还余下来几分钱。正月父亲骑脚踏车带我去厚仁拜年，成了幼时很模糊但难忘记的回忆。厚仁老街上残旧的明清老建筑，以粉墙黛瓦马头墙的两层楼房为主，它们承载着它曾经的繁华。20世纪六七十年代的标语在岁月的冲刷下依然能很好地辨识出来。同为千年古镇，厚仁显然比游埠更低调。

姑婆看到这么多晚辈来看她，坚持要从床上起来。母亲扶着她颤颤巍巍站着，她说话有些语无伦次，耳朵已失聪。阿叔把双胞胎孙女也带上了，阿叔对后代的归宗教育一点儿也不含糊，她们叫她姑太。阿叔和父亲长得很像，但是性格脾气大相径庭。爷爷奶奶供父亲多念了几年书，父亲从农村跳出去，成为吃皇粮的工人。而叔叔在家务农，后来当锅炉工、做保安，他觉得父亲从爷爷奶奶那里索取得多，兄长应该体恤弟弟。兄弟俩像是一对冤家，在分家、赡养父母、造房子上，一直多口径。婶婶人称“九斤姑娘”，而母亲上不了场面。

早年父亲和叔叔共栖祖居，母亲生下我之后，兄弟俩分家，父亲分得太祖基业，新造了一栋泥墙房。除了三个孩子，还要接济几个妹妹，他的担子不轻。这一段，也只有他们兄妹几个知道，都不愿意再提起。奶奶是个很强势的人，认理不服输。小奶奶斗不过她，但是小奶奶如今九十了，依然健硕。老君皮（小奶奶儿子）要在老基上翻造新房，母亲去问他，相邻的地盘怎么处置。他想围进去，母亲好声好气否定了，他倒也明事理。曾经为这堵墙，奶奶和小奶奶吵得不可开交，母亲也没丢奶奶的脸面。其实这里已属于集体公房，都不是谁家的。但是在母亲心里，依然将它看成祖业，毕竟在这里生活过。家乡的土地被割裂，我已经不再是拥有者。我只有母亲，她的掌管也有期限，将来无法继承。只是看几眼，走近摸一摸风化的土坯墙，散落的青灰瓦，它们不再呼吸。最终要失去它的。母亲是我们回家唯一的船票。

晚上八点多母亲给我来电，我心头一惊。她喝了点酒，跟儿子诉衷肠。亲家母的遭遇，她很痛心，“作孽啊”，想帮但是什么也帮不上。外婆家钱拜塘有社戏，她到处赶场子，见了那些久未谋面的乡人。参观了阿庆表哥家的新房，宫殿一般，她一时词穷，吞吞吐吐找不到合适的词。现在阿姨一家总算在一起了，表哥兰溪城里有房，太平祝乡下有房。他忙着养老院搞基建。阿姨说将来年纪大了就要上那里去。她的老姐，我母亲按捺不住了，表示强烈反对：“养老院里，一点儿也不自由，哪有家里好。”小姐命，丫鬟命，姐妹两个如今都是寡妇。同根不同命，一个妈生的，后代的福祉也不同。母亲向来偏袒娘家人，父亲生前对此并不计较。

母亲说了 21 分钟，大多数时候我在听，啤酒在她身体里发酵。她先后给三个孩子打电话，“吃好休息好，身体好，别干重活”，电话里我们给她最多的忠告。二姐在老家，经常过来陪陪她。大姐和我隔三岔五打电话和她唠嗑。故乡，母亲仍然是鲜活的线索。儿女们没有大富大贵，但也殷实快乐。攀比，自讨没趣，“华丽的旗袍上面可能爬满虱子”。

七

每到冬天，母亲就病恹恹的，受着季节的摧残。农贸市场的刀切面我吃不出曾经的味道，通往环城西路半幅路面施工，回家的路显得拥挤。我直接把车开到门口走廊下。门关着半扇，母亲一只脚翘向门外，一只脚踩在地上。她坐在竹椅上纳鞋底。儿子突然出现，她雀跃着跳起来，埋怨我没有提早跟她打电话。我每说一句话，她要反复求证。聋得一天比一天严重。然后说话当中停顿，咳几声，她走楼梯气也喘得厉害。这么一个大房子，她也不愿意住到二楼，我跟她说一楼潮气大，她觉得不够接地气。冰箱里放了猪肋排，里脊肉，豆腐干。萝卜骨头汤有营养，可是她最近又在喝中药。她里里外外穿了四件衣裳，看看人家两三件，于是脱了，然后风寒找上她。“你不要跟别人去比，每个人耐受力不一样。”她就是这样没有主见，又在乎别人的看法。冬天对她而言是一种考验。

母亲的咳嗽愈加严重，病急乱投医，钱花不少，效果甚微。去排岭找永喜表哥开了处方，去药房买了一盒甘草片，一盒阿奇霉素，嘱咐她把别的药停了，就吃甘草片和阿奇霉素。儿子送药，在精神上起到了安慰作用，我想很快会好转的。母亲的气管炎，每年秋冬季复发，准时得很。用药只能缓解，无法根治。到春天，疾患自觉离开她的身体。

我回无锡没几天，二姐来电问我母亲银行卡的密码。二姐其实知道的，就是告诉我母亲大人又没钱了。母亲对钱的态度和老爸截然相反，老爸存得了钱，而她没有未雨绸缪的意识，想花就花，反正这个龙头一直开着，不会有断流的那天。我给她钱，她要塞回我几张。我现在不用现金，要换了纸币才能给她。看不见的虚拟货币，她用不来，钱包才实在，那嘛喇的声音听了一辈子。

母子远隔千里，天寒地冻的时节，我嘱咐她尽量少出门。倘若她在身边，我心里一点儿也不会慌乱。母亲的心里也有远方，只希望时光慢些走，让我竭尽所能报答母亲的恩情。

慧姐

密密麻麻的汽车尾灯连成串，在高架上蜿蜒前行，一盏盏像是被速度驱逐的灯笼，又像冬天火器里燃烧的炭火。生活的希望，人间的暖意，都在烛火中。

从个体中分离出来，在一个力所能及的范围，写下客观事实。存在的形式很多，生活还要继续。唯一的变化，出门我们都要戴好口罩。喉咙有点不适，泡了抗病毒颗粒饮服，心里的暗示作用会击穿现实。病毒无处遁逃。

母亲电话里问起慧姐一家的归期，我怎么知道呢？现在大姐也难得给我这个小弟来电话，她因腰椎神经压迫导致的脚痛让母亲时常挂念。林姐夫带着她四处求医问药，折损许多银子，依然不见好转。

林姐夫三十岁那年到上海，赶上浦东开发。农村出来的人送一天货的收入抵得上一担谷。在床垫厂，他从踏三轮车送货起步，当过车间主任，跑过供销、担任区域负责人，北上开拓市场。直到在上海站稳脚跟，拥有自己的家业。女儿从苏州学成归来，出了名的伶牙俐齿且性格特别要强。林大小姐头脑灵活冰雪聪明，遗传了父亲的优秀基因。

林姐夫的半生经历和这个时代紧密相连，够写一本厚厚的书。我也是亲历者，旁观者。他属于做事情的人，身处不同环境，一直诚恳待人，坚持利他原则，关键时刻总能逢凶化吉。我的笔力还不够，这个上海滩创业故事是个不错的题材。

上海人非常安逸，外甥女家里有两套房，公公婆婆每月有稳定收入，小日子美美哒。母亲时不时以外婆身份自居，“你们再生一个吧！”公公婆婆发话了，“一个够了，囡囡顶顶好！再生，不来带的，依拉自个儿负责。”大城市乡下人也那么安逸。人算不如天算，姐姐说这个上海女婿，30岁还是老小孩，要到40岁才能懂事点。那还有漫长的路要走。看不惯就少看，距离产生美。“适当放手，让他们闯一闯。有本事你们自己来拿，没能耐就是弟弟该得。”瞧这一家子。

每年的清明和冬至，大姐一家风尘仆仆从上海回兰溪乡下祭祖。林姐夫上面有四个姐姐，他其实非林家亲生，襁褓时从陈姓人家抱养过来。前几年林姐夫去找过生母，家里兄弟四个，他并没有认祖归宗。他遵从父辈们的安排，林姓家族得以保全。那么多的追求者，大姐独钟情于一无所有的林，七大姑八大姨都来劝她慎嫁。她中了他的蛊一样。那年他的养父过辈，他跪下来求父亲把女儿嫁给他，父亲心也软了。家里简单摆了几桌。大姐可以说是下嫁，奔着爱情去的。在那个年代，在我们这种原生家庭，可以说是大逆不道。有很多种选择，唯独认准他，死心塌地。他一穷二白，给养父治病，结完婚，背了一屁股债。家里还是泥土墙，婚后林姐夫扛起一个男人的责任。父亲也希望女儿选择的人没错，派姑父摸林姐夫的底。“他是一把锄头挖个井的人”。大姐和姐夫在凯旋燃气灶厂里自由恋爱。他创业交了不少学费，最后不了了之。也就是父亲说的，钱没赚到，多了些“狐朋狗友”。母亲叹息，“一只猫被叼走了”。林姐夫多才多艺，唱歌比赛得过市里二等奖；写抗洪通稿，经常在电视台新闻节目播出。村里随便当个妇女主任，他都能获得先进。经商才能致富，他卖过农产品，做过钢材生意。有了女儿后，大姐暂时在家歇着。林姐夫一肩挑，更有冲劲，哪怕再苦心里也甜。

农村茶馆店比菜市场兴隆，里三层外三层，烟雾缭绕，一言不合争得面红耳赤。有人财迷心窍，陷入赌窝，倾家荡产。最后沦落天涯，有家都不敢回。

林姐夫的发家史是一部曲折的奋斗史，即使大器晚成，一路坎坷，大姐也从没有放弃过他，给予更多的是激励。每到汛期，上华地势低洼，年年内涝，洪水怎么也躲不过。父亲也时常在汛期关注当地电视台新闻，他不开口，都由老妈出面让大姐一家回娘家住上一阵子，娘家始终是大姐的避风港。那时家里还有田地，农忙的时候林姐夫绝对是主力，反而把我这个儿子护在家里。我做后勤工作，烧水、做饭、去田头送水送点心。一个农村的孩子，拔秧、插秧、施肥、灌溉，仅限于耳闻目睹。他们农忙，我躺在斜坡青草堆里看小人书和连环画，累了逗逗蚂蚁，那时的天蓝到没有一点儿杂质。白云摆出各种动物造型，它们很安静，高高挂在天上，自由自在，我也不去想别的事情。

后来林姐夫买了手扶拖拉机，贩运甘蔗。跑运输辛苦，凌晨两三点就要从家里出发，每次出门，大姐提心吊胆，特别刮风下雨的日子，林姐夫最远要跑到衢州。我家里的红糖一年到头吃不完的。1994 年，老宅倾塌，家里在村口起屋。林姐夫二话不说，把原本自己家里造房的钢筋水泥拉往我家，村里人人夸老爸有个乘龙快婿。确实，我那时还在校园，白纸一张。父亲是参谋，执行的都是大姐夫。他嘴巴也甜，父亲慢慢也接受了他。结婚前十年，父亲没有去过一趟大姐家，怎么接都不去。后来心结也慢慢解开，放下了他的臭架子。父亲见多识广，林姐夫听父亲的话，在重大决策上往往依赖父亲。

上半年母亲在我这里，大姐给她打电话，撒娇说想妈妈了，要来无锡看望她。母女有心灵感应，女儿探望妈妈，弟弟关心姐姐。

林姐夫对我说，作为一个浙江人，去上八小时的班，丢了浙江人的脸。这一辈子就这样埋汰了。人生不能没有方向，你不如你的父亲，不及他的一半。当初林姐夫去上海滩闯荡，一方面为了赌一把，凭什么比我差的人混得比我好，为什么不背水一战搏一搏？

如此重量的话，也只有林姐夫说得出口。兰溪的未来在上华，跑马圈地，精雕细琢。这是一个趋势，对接婺城新区。一座新城即将诞生。

林姐夫身上保持艰苦奋斗的作风，骨子里永不言败的精神时刻支撑着他。老天又给了他高情商、高智商，虽然他年过半百事业有成，依然天天谋划着将来的人生。行万里路，学万家长，他还在续写人生辉煌。

双生

一

晚上接到宁宁班主任的电话，自然有不好的预感，“孩子发烧了，快带他去医院。”父母大多久（接触）病（症状）成医。这段时间去医院是一件非常头疼的事情。挂号、就诊、化验、等结果、开药，统统要排队。一个病毒性流感看下来，要千把块人民币不说，挂完水离开医院都快天亮了。有一项筛查必须要做，（区分病毒性流感和普通感冒）然后对症下药。老师担心孩子，也担心全班同学的健康。孩子是传染源啊，感冒咳嗽，不严重的话，吃点药就好了。妻子药房工作的同事建议，别急着挂水，量体温，保暖，促使他出汗降温。药物能降下来都没事，如果抵挡不住，那必须去医院。

他在那儿瑟瑟发抖，“爸爸我冷”，“喉咙痛，浑身无力。”回家一量40摄氏度，乖乖，脑袋都要烧坏了。吃药，降温，睡觉。每年秋冬流感季，老幼弱人群最易中招。身体恢复的过程也是一场病毒抗争史。提醒孩子该注意哪些，冷暖自知，不仅仅读好书，更要照顾好自己身体。

锡东校园红砖灰檐，蓝天上有飞机划过，留下长长的白线。他在车厢后排躺着，感冒残毒寄居在他体内，他很快会甩掉它们。车窗放下两条缝，我美美地打了个盹儿，鼾声如雷。他双眼微闭，我能感觉到他的呼吸。我在你身边了，我也才如此心安。北边静静的校园，南边流动的小溪，冬日暖阳沐浴着这对尘世间的父子。

孩子体内的火渐渐浇灭，整个人精神起来。

二

五一假期已近尾声，高楼后背传来挖土机的破土声，那些人根本没有假期。他们就一个宿命，推翻，前进，推翻。大地千疮百孔，人类不能在天空建造一个世界，天堂已拥挤，上帝不允许。

下午四点钟，金城路由西往东一路顺畅，对面由东往西，纺前匝道口梗阻，血管分叉的地方都容易堵。倘若有小碰擦，那就积压了。前车刹车灯亮起，右脚滑动，切换刹车，动一下又缓缓踩半脚油门。我现在的耐心好多了，车流一眼望不到头的趴窝，会在最近的匝道口下去，走走停停，实际上比在高架上慢。堵点过去，车流顺畅。大家都赶时间，下着雨，车窗紧闭，前车窗一会儿就雾气蒙蒙，遮挡视线，开冷气驱赶它。总有一天，大家开着飞行器，不再贴地爬行，没有拥挤不堪。一个人就可以起飞降落。我们现在经历着后人的远古时代。回一趟家，直线距离 15 公里，要绕半座城，花费两个小时。

大人也过儿童节，想有人宠幸。商家们闻风而动，开头煽情，最后卖货，爱通过物化表达比较直接，他们负责出主意。小学提早两个小时放学，老师今天不安排作业，家长的童心也被唤起。政政的羽绒服破了个洞，整个人像是从鸭群里逃出来。发梢、额头、双袖口、裤管，白色羽毛再多一点儿他可以飞起来了。他在校门口的人流里一下子被我认出来。他越是要掩饰，露白的痕迹越发明显。

小时候，经历过一些特别伤心的事情。父母亲责骂，甚至出手抽打，说一些警告的话：“再不听话，把你扔到外面去。”“你不是妈妈生的，你是垃圾桶捡来的。”做了父母，有没有在孩子面前继续这些“谎言”。小的时候，还可以抱抱他，说说话。长大了，着急离开父母的庇护，经济上依赖，表达上含蓄。现实生活一直剧透未来，就像父亲的过世，母亲的苍老，还有自己日渐消瘦的梦想。我的现在，他们的未来，母亲的现在，我们的未来。

“总有人作业做不完，总有人在教室剪指甲，总有人该带来的不带，不该带的不会忘记，总有一批人回家如出国，返校倒时差，总有人该奋斗的时候找借口情绪不好，总有人一天到晚要提醒他是个学生，穿好校服是基本素质。”

宁宁班主任王艳老师，她每次在班级群发言，我总忍不住要笑出声来。我高中时的班主任可严肃多了。

三

政政的语文阅读理解一塌糊涂。看书只是做表面文章，打起游戏来，忘乎所以。买了各科教辅书，以为书买回来知识本领就属于他了。电子游戏、象棋、电视，暴食暴饮，惯成了现在的胖子。我以为，家长没有态度就是最好的态度。孩子原本一张白纸，老一套已经对付不了新世界。半杯水，悲观的人说：“唉，只剩半杯了，这可咋办？”乐观的人会说：“啊，真是太好了，还有半杯，继续努力。”

生活剧中的那些桥段，似乎都可以预见。现在决定未来，拼一拼，考上理想的大学。把自己的心门打开，拥抱和探知未知世界；学会与人相处，培养正确的三观。这是属于你自己的人生啊，遇到困惑的时候，告诉我们，你遇见的都是我们曾经历的。路你自己走，我分析给你听，预判可能的结果；就怕你不开口，什么都蒙在心里，变成累赘，羁绊你前行。

不是工作了，结婚了，当父母了，就停止成长了，这是一生的事情。而你们，也是我们终身学习，互相促进的伙伴。电子游戏，适可而止，多拥抱大自然，锻造强健的体魄；多接触同龄人，学会与不同个性的人相处，多读一些名著，丰富自己内心，朋友聚会的时候也多一些谈资，培养一两个兴趣爱好，心情差的时候可以治愈，也能给身边的人带来欢乐。这个社会充满善意和真诚。如果大学里有喜欢的女孩子，大胆表白，你能从对方身上看到真实的自己，懂得博爱、谦卑和责任，完成第一次进化。给自己定一个目标，然后朝正确的方向努力，一切靠自己奋斗得来，你的人生才更有意义。任何人不能主导你的未来，一切你自己主宰。我们会陪着你们，不论距离远近。

让兄弟俩睡一张床，这是一个极好的主意。我们小时候，姐姐跟妹妹，弟弟和哥哥，都是打一个铺盖，一个碗里抢食。独生子女只有玩具熊，我们那会儿，哪一家不是两个三个，甚至四个。大哥大姐的衣服短了，弟弟妹妹接着穿，随便扔在哪里，孩子们有阳光、空气，有口饭吃，就会长大。哪有现在的精耕细作，个个娇贵，孩子还不领情。

两个孩子的便当在冰箱里，水饺、面条、蛋炒饭，也不用担心他们会饿着。就是厨房会很狼狈，回来要给他们收拾残局。开始时感觉不到，慢慢地洗衣做饭还是会落到我肩上。母亲的千好万好有切肤感受。饭烧好碗筷洗好，衣服洗好晒好折叠好。

四

威严才是秩序所在，严母慈父，为父太仁，就像空气，顽童不买账啊。会吼能打，服服帖帖。义不掌财，慈不掌兵，在家庭同样适用，当然会有时效。孩子们大了，吼不动了，狮吼功也就无用武之地了。

祖父中下贫农，当了村里一辈子的会计，父亲好不容易吃上了“皇”粮，二元户籍制度打破，赶上下岗潮。到我这一代赶上改革，顺应城市化，我从乡村出走。

我看政政用左手吃饭，麻利得很。“小宝啊，你是你们学校最聪明的学生，用左手吃饭的人绝对优秀。你也要学会用左手写字，美国总统克林顿和奥巴马都是左撇子，非常了不起啊。”只可惜他花在阅读上的时间太少，到现在写作文还坑坑洼洼，吞吞吐吐。肚里没墨水，只有油水，胖到120斤了，家里第二胖，我目前遥遥领先，身高我已经排老二。人丁兴旺也是欣慰的事，他们绕膝，是为报恩来的。留身边还是去远方，飞多高飞多远，那也是他们的志向和努力决定的。我们提供后勤保障。

政政可以从金城路骑到红星桥，用他那辆折叠捷安特。坐垫装不下他的大屁股了，冲起来相当有劲，一哧溜就不见了。他说开学了要骑单车上下学，怎么可能？你才十一岁。他走路要戴着随身听，我提醒他车多人多，一心不能二用，他充耳不闻。他在前面骑，我在后面追，而我的背后还有老母亲的影子。我们眼前看得到的陪伴和身后一直在的牵挂，都是最美的幸福样子。

他的早餐已经消化，饥肠辘辘，低血糖让他头晕。她在一边絮絮叨叨，她难听的话都被当成食物吸入身体，愤怒和慌乱从心脏喷薄而出，灌满全身，她的右手不自觉地甩到他脸上。“啪”，这不是对生活的热烈鼓掌，而是一种反击。

五

在学期末感受到的喜悦通常在暑假结束时被彻底摧毁。奇迹并没有出现，孩子们“一个晚上完成两个月的作业量”。眼睛还迷迷糊糊的，平时就那样耗着，抱佛脚抱惯了。老天如何降大任于斯人也？行李已装车，人还在房间里，床上、地上，乱七八糟的练习册考试卷。看着落地窗外金城路自西向东缓行的车流，我还是有点心慌。

我把他的生活用品、书籍、衣物、床垫，一一塞进车厢，一连下楼跑了三趟。他还在房间里找书本，恹恹欲睡。八点一刻到达学校南门，文瑞路已经水泄不通。戴口罩，测体温，习惯成自然。堵车也有好处，赏他半个小时的清梦。年轻，觉得有无限的时间，作业终归能做完的。无处可逃了，直接敷衍呗。到了校园，心境反而好了。孩子们推得一干二净，留下父母扎蚊帐、铺席子、归纳衣物、背矿泉水、提牛奶上楼，将洗漱用品、鞋子、常备药、卷纸，各归其位。一个月回一趟家，家里那张床并不孤单。父子一场，也只能送你到这里。未来在你自己手上。

想起宁宁小时候的糗事。他是文艺青年，认真起来字写得端正漂亮，心情不好的时候，写出来的字就没法看。“儿子，你现在的字比小弟弟写得差多了。你要好好努力了！”他沉思了一会儿问：“妈妈，我的智商是不是个位数？”“岂止是个位数，你的智商是负数。”“负数是多少？”“比零还少。”“难怪我变差了，你们把智商都给了小弟弟，我智商也没了？你们偏心！”然后号啕大哭起来，惊动了隔壁房间的我，不知该如何安慰。两个孩子，糗事一大筐。

浩浩荡荡的开学大军，孩子们闷够了，闲够了，疯够了，都回去吧，让他们嫌弃又热爱的象牙塔保护着他们。学校才是塑造孩子最好的炉子，老师们能掌握好火候。家长毕竟是母体，下不了手，或下手太重。

六

无锡一年级新生，告别幼儿园，意味着他们已经长大。长辈有一套开学礼。红包、红烧牛肉面、菱角、步步糕、小葱、苹果、橘子、小镜子，寓意满满。（小葱，聪；镜子，明；菱角，伶；梨子，俐；统一一百，门门100分；桂圆，圆圆满满；旺旺大礼包，开心果；小猪佩奇糖方糕，步步高；苹果，平平安安；马蹄酥，马到成功；本子，学识；笔，妙笔生花。）我老家小时候要指定舅舅买新书包，将来读书聪明，其他没有印象。六年级的老生，介于初中生之间，红领巾在胸前飘扬的日子不多了。

一物降一物，慈悲曲解为纵容；大声呵斥，鸦雀无声。大人说的话尖酸刻薄，伤孩子自尊，或者就麻木了。那千疮百孔的内心啊，长大后要自己一个个把洞补全了。

每天给幼子签作业本，一并把教师节祝福写了。家长群里铺天盖地的感谢与祝福。单独给她发一条好了。这并不难，范老师、金老师、叶老师、琚老师、王老师、陆老师、徐老师、章老师、郑老师，所有可以记起的那些慈祥的脸。要不要给老师送礼？卡片，鲜花，巧克力，购物卡，红包？他们把一棵小树苗培养成参天大树。孩子的个性、学习能力、健康，老师更在意。收礼也会有压力，家长给了不切实际的幻想。彼此尊重和理解，家长好好配合老师教育、引导孩子学习成长，这或许才是老师最期望的。

给宁宁送冬衣，固定时间放到学校南门指定架子上。正常情况下，他说“还好”，就是不好；“不要，别烦”，那是真的拒绝。太太理解得透，我是直男，要就送，不主动就不送。她听出话外音了。家长被拦在围挡外，孩子们伸长了脖子，等着投喂。很容易在人群里找到他，那个兴奋劲。春卷、两盒比萨、衣物，然后送他一句：生日快乐！家人不在身边，同学也是你的温泉。他拎着三个袋子，并不提进去，而是放在矮墙上，然后空手大摇大摆走进去。门卫也来不及细查，孩子们的热情让他们慌张。因为一些特殊原因，家长会在群里开，一个月接回家一次。我们心里落个清净，回家简直是造反，把老师说的话忘得一干二净。我们好好伺候着，生怕亏待了他。

我一生都在写一个“三”字。中间是我，我曾经单打独斗，一意孤行，后来有了长子，成为“二”，它们几乎平行而且一样长。我只是浇灌，并没有太多审视他的成长。然后不管三七二十一，幼子又将“二”升级为“三”我还是中间那个一，他们的生长趋势超乎我的想象。三生有幸啊。

造梦者

尽管老妈耳背，仍然手机不离身，那是她和外界唯一的联系。有时我出门忘带家里的钥匙，敲门没反应，手机就派上用场。当某个城市有亲人在，耳朵就会往那个方向靠。

母亲拨通数字键，大阿姨的代号 6，姐妹在她心里的位置超过兄弟。听筒已经最大音了，她们讲话的时候，声音会从她耳根的发丛里漏出来一些："阿庆过几天要回老家……北京的气候依然不适应，小儿子乐乐要上初中了……老家城里房子的学区还算不错，小升初在北京却是一个大问题。"

三十年前，阿庆属于凤毛麟角的高中生，跟随村上种植户去江西栽蘑菇。姨爷膝下一儿一女，倒也支持阿庆去外面闯荡。夏天蚊子，冬天北风，仿佛就是要和他作对，都紧紧咬住他不放。种菇吃住都在田埂地头，他挨了很多苦。老板看在眼里，记在心里，对他视如己出。后来，老板转战上海滩，投奔在浦东三林塘开沙发厂的连襟，阿庆自然被老板带在身边。老板曾在姨爷面前拍胸脯："有我祝某人一口饭吃，国庆一定饿不着！"三个农民赶上了好时代，乘风破浪，缔造了一个庞大的床垫王国。

老板只招老乡跑业务，知根知底好管理。阿庆表哥肯吃苦，做事踏实。他每天起早贪黑，骑着一辆红色的比亚乔，业务从浦东做到浦西，跑遍整个上海滩。上海话与老家的游埠话一样“吴侬软语”，阿庆满口的上海腔，很快成为厂里的业务骨干。一张床垫几百块，提成几个点，生意好的时候，一个月有上万的收入。

供销是先苦后甜的行当，勤快点终归有饭吃。个人销售网络一旦建成，相对就轻松，日常只要维护好与经销商的关系。每周一，大批业务员从牌楼宿舍倾巢而出，身上带足现金，收到单子立马把返点结算给经销商。然后一个个美滋滋回上南路厂里，开好送货单，交给办公室。办公室再下单到车间，送货员提早一天联系客户，第二天“黄鱼车”一辆辆顶着旭日从上南路发往大上海的高楼巷陌。

在厂里供销员算是上等工种，收入高，也比较自由。准供销员考察期通常要送足三个月的货，蹬三轮或者押车，能胜任才算过关，这也是一种磨炼。老板的信条：吃得苦中苦，方为人上人。每到节日，供销员都是提着大包小包往外跑，慰问经销商，有的直接给现金，渐渐拥有各自的稳定客源。业务江山一点点打下来，公司品牌逐步稳固。供销员有钱了，闲来无事经常约在一起喝酒打牌消磨时光。那时三林塘大街小巷的洗头房生意火爆，简直宾客如云。乱花渐欲迷人眼，有人没有把持住，最后弄得个妻离子散。阿庆表哥从不去凑热闹，他有自己的原则，守着老婆孩子过安稳的日子。

人生总是给你一块糖又突然打你一拳。姨爷走得早，把家里担子甩给阿庆，没有看到孙子、外甥长大成人。姨爷是一个地道本分的农民，村里人家造房子帮忙做苦力的时候踩上生锈的铁钉，只作简单消毒包扎，没有打破伤风。农忙的时候，又下水田，结果伤口发炎，侵入肌体，直至危及生命。那时表哥的事业才起步，上海到老家两地跑，屡屡去省城求医问药，姨爷还是回天无力。

姨爷邻里和睦，在村里口碑极好，家中兄妹八个。六个妹妹，一个弟弟，长子莫如父，自然要承担更多的家庭责任。大阿姨嫁过去，也跟着吃了不少苦。有一年家里老屋被烧个精光（隔壁邻居家引起），全家被迫住进村大礼堂。西北风从吊着的塑料布窗户里灌进来，呜呜作响，一家人连冻带饿。每逢村里放电影，等电影散场阿庆兄妹俩就到地上去捡烟屁股给姨爷抽，衣裤都是靠村里好心人捐助的。有时吃饭就蘸点盐，算一顿过去了。阿姨娇小玲珑，在村里当赤脚医生，常常背着个药箱出东家走西家。田间地头的活基本都是姨爷一个人干，田地离得远，路又难走。

为供一双儿女读书，姨爷吃尽苦头受尽罪，但他身上始终有一种不服输的韧劲。为了让家人生活得更好，住得更宽敞，姨爷靠自己勤劳的双手一家人省吃俭用盖了三间平瓦房，后来也成了表哥的婚房。表哥在上海打拼多年，将瓦房推倒在原地基上重建了三层水泥房；之后表哥去北京发展，其间又把水泥房推倒建成现在的别墅房。表哥继承姨爷吃苦肯干的基因，日子越过越红火，相信姨爷在天之灵定会感到欣慰。

那时正月里去外婆家拜年，年初二晚上我就要赖在表哥家。他们那里的面糊拌八宝菜很稀罕，我巴望一年才能吃到。表哥家平房板木结构，一排三间到底，堂前隔断后厢房楼梯，呈45度角，我是不敢上去的。供桌上一只北极星座钟，清脆的滴答声时常在梦里听见。初三清晨看见姨爷在那儿给钟拧发条，拧完用嘴哈气，擦去玻璃面上的灰垢。八仙桌摆在堂屋正中，上环头左右各摆一张太师椅，三张长板凳，农家的标配。堂前屋顶楼板接缝处搭了几处燕窝。家门口一块开阔的水泥地，靠近地沟边沿蹲着一只大水缸，它像是长在泥土里一样，撼动不得。水缸里结一层厚厚的冰，冰下面两条红鲤鱼一动不动。我缠着表哥推“板板车”。三个轴承、几块木条板，姨爷亲手打造的超级三轮轴承车，双脚当刹车，贴地飞行，风驰电掣般的感觉。表姐香妹大我两岁，一本厚厚的手抄歌词本爱不释手，内页贴满各种明星的大头照。她特别崇拜唱《再回首》的那名男歌星。我有时用恶作剧逗她。请她帮忙吹气球，气球在她嘴里渐渐膨胀，直到盖住她的脸，我偷偷用针扎一下，“嘭”的一声，她吓得跳起来。我刺溜一下跑掉，然后她追着要“修理”我。姨爷临终遗言，要阿姨带好孙子佳辉，香妹找一个勤劳和睦的婆家。我无法想象当时的情景，一个那么好的人，躺在那里像块大理石，要早早被死神带走，老天爷真是太残酷无情了。

安排好姨爷的后事，表哥更加发奋，把疏于经营的市场补回来。在上海滩靠床垫发达的祝家门又有人自立门户，床垫这块超级大蛋糕，谁都想来分一块。阿庆的老板思路清晰，抓品质，树口碑，不打价格战。阿庆也看到商机，购置床垫附件模具，专门生产出气孔，业务做得风生水起。当然，公司也有过几次危机。当地媒体曝光某批次瑕疵产品，供销员集体“造反”，作为老员工，阿庆表哥始终站在老板一边，勤勤恳恳做好分内事。一些老业务员把公司货款截留，摆摆手给老板打个欠条，拍拍屁股出去开厂。最后昙花一现，他们打下的欠条一直由老板保管到现在。床垫生产没有多少技术含量，一间平房、一台围边机、一台缝纫机，夫妻加小舅子就可以组建一个家庭作坊。选个黄道吉日，放几串炮仗，过一下当老板的“瘾”，十家有八九家在残酷的市场大浪里折戟沉沙。他们忽略了客户对质量的苛刻要求，小作坊造不出大品牌，客户的消费观日趋成熟，品牌意识逐渐增强。哪里跌倒哪里爬起来，老板亲抓质量，严把材料关，购置先进设备，举办工厂开放日，包车请消费者到公司车间参观，见证一张品质床垫的诞生过程。同时加大广告投放力度，逐渐赢得消费者信赖，市场占有率稳步回升，并且达到了一个新的高度。

《还珠格格》最火的那年，父亲带我去上海，第一次去外滩，寄宿在表哥那里。还见了他的老板。那时老板开摩托车摔了一跤，手上缠着绷带，那是我和老板的初面。父亲在表哥老家所在的乡粮管所，自然也认识一些人。“老黄老黄”，走到哪里都有人迎上来打招呼。我不知道父亲带我去上海的用意，也许希望我多见见世面吧。大学毕业在老家发展不顺，我去上海发展，加入表哥的供销大军推销床垫。成为大上海茫茫人海中的一个黑影、一个造梦者，也为千家万户点亮温柔梦乡。

其间发生了许多不可名状的事情……说到底天下没有不散的筵席。一边是亲情，一边是提携之恩，一个人的错三个人来背。那时表哥的老板根基已稳，市场开始向沪外渗透，身边多了些阿谀奉承的能人。某个突发事件，表哥还是黯然离开了老板。他和远亲另起炉灶，成为新公司的合伙人。阿庆交际场面上不善言辞，摆不来谱。做管理，按部就班没问题，他心细，做事老道。我觉得我和他有许多相似之处。他还比我更有耐心，更敏感一些。

2002 年，阿庆和亲戚合开的公司在徐浦大桥下的某基地开张。有市场占有率就有销量，公司就能够生存，阿庆的上海人脉资源首当其冲利用起来。亲戚一起干事，开始的时候不计较，也心齐。一个主内，一个主外，一个财务，“三个臭皮匠顶个诸葛亮”。新公司倒也风风火火，只是一直在生产扩张，赚到的钱不断投入，转化为市场占有率，账面上一直无盈余。合久必分，这宿命谁也逃不过。好像后面有一只手，无形操纵着，而且它一直不露面。三人在经营上矛盾激化，阿庆撤资，又和新的合伙人组建新公司，另外两个股东保留原有企业。阵痛当然有，除了情面，也有委屈。泼出去的水收不回来，而重新出发是为了更好的未来。分开何尝不是一种重生。

软弱有时被别人践踏，他的个性决定他的命运。老好人要为别人的错误买单。大树底下好乘凉，当他终于也成为一棵树，他给不了别人阴凉庇护，他们把它连根拔起。开厂办公司不是过家家，慈不掌兵，义不掌财，每一条中他的命门。不择手段的人重新拥有江山，又是开疆拓土，可是他像是被榨干的甘蔗。再和当初的合伙人坐在一起喝咖啡，加再多的糖也掩盖不了苦涩味。我成全了你，也弄丢了自己。人生有遗憾，只能愿赌服输。

母亲打完电话对我说，阿庆一家打算近期回老家发展。曾经光着膀子出去的，如今两个儿子，城里一套房子，老家建了别墅。阿姨年纪大了，佳辉要成家立业，乐乐要上初中。对游子们而言，有一天不想漂泊了，那么选择落叶归根。这一点，我不及表哥。我，大姐，二姐，一起住过世界上最贵的房子。大姐夫说，母亲生了三个女儿。

亲情是一条走过的最熟悉的路。阿庆已经荣归故里，再也不用加入年关的“迁徙”大军，而我甚至都没有好好想过这件事。

未来将有一座现代化的养老院在阿庆所在的集镇拔地而起。他是未来院长的不二人选，他的人生还有多种可能。加油吧，表哥！

灼灼青城

2019 年秋季的某个周末，我去前洲拜访了仰慕已久的周国忠先生。

在一栋坐北朝南带庭院的小楼旁，我给周先生打电话，他显得有些意外，说好提早告知的，想不到直接就到了。我心里顿时也觉得有些唐突。两分钟后，周先生来开院子的门，一摸口袋没有钥匙，又折回去。周先生引我进屋，房子采光很好，客厅亮敞，挑高设计别致又气派。来到里屋，周先生给我沏了一杯红茶。他喝的保温杯，杯口有深深的茶垢，这杯子已陪伴他多年。

我们面对面坐着，我还是有些拘谨。在无锡文学界，他是很特别的存在。我们聊文学、聊时事，谈论彼此对世界的看法，以及人生经历。周老师只读了六年完小，对家里的古籍经典爱不释手，“装”进脑袋里，丰富了他的写作素养。他种过田，扛过枪，待过企业，也从过政。1991 年周先生走出国门，所见所闻深深震撼了他的心。周老师写过诗、写过小说，后来以散文和纪实文学创作为主，已出版多部文学著作，先后获过紫金山文学奖、诗歌大奖等二十多个文学奖项。他说作家要写他自己身边的人和事，写自己最熟悉的、非写不可的东西。他坚持有感觉的时候写，只写有感觉的文字。他说写作不要带功利性，不为取悦读者而写，要遵从内心的指引，想怎么写就怎么写，这种个体化劳动应该是充分自由和体现个性的。如果发表或出版不了，可以放着，会有云开见日时。写作没有老师，也不要太在乎别人的话，起不了多大作用，而在于个人的坚持和悟性。写作要有天赋，也即天分；也要情分，即勤奋，用情专一；还要靠运分，即机缘运气。任何时代，社会总有光明面，也有阴暗面，两者往往还杂糅在一起，而人性则更复杂。这就给写作者提供了多种素材多种选择，就看你以什么角度切入，开掘的力度和深度了。周先生说他看的书不多，所以开不出书单给我，也从未给人开过什么书单。周先生的长篇纪实散文《弟弟最后的日子》，记述了他弟弟周家忠最后三年的生死历程，“血浓于水的亲情，超乎灵与肉的信仰……真正的生命之作！”（周国平评语），这部 23 万余字的长篇，周先生写完只花了三个多月时间，出版却耗时三年。这本书让人感动到热泪盈眶，读一次哭一次，先后加印四次。

作家失去了翱翔的天空，只能局限在自我天地，抖抖翅膀。这是极可悲的一件事。把真实的文字写下来，过一段时间再去看，或许世界已经变得相对宽容，这种可能性还是有的，谁又能违背天理呢？周先生的烟瘾很大，一根接着一根。缘于他的低调和我的寡闻，我对他的作品知之甚少，不敢造次评断，他就坐在我面前，纯粹的文人气质与自由意志的信念感染着我。《弟弟最后的日子》那本书我只看过若干章节，图书市场此书已几乎绝迹。周老师“噔噔”上楼去找书，我坐在那里，一楼的墙角石灰粉剥落，露出水泥墙，天花板也有霉变的迹象。这是一楼，透过玻璃窗，一条小河静静流淌着，岸边立着单薄的水泥栏杆。两边密密麻麻的樟树，鸟儿们叽叽喳喳雀跃着。他两手空空下楼，又去一楼的储物间，翻出《四俊散记》《弟弟最后的日子》。周老师拍拍封面上的灰迹，用钢笔在扉页写下赠言，我的心激动得颤抖。某古籍书店一次收购五十本《弟弟最后的日子》，周先生只凑足三十本，店家还要，但他已无书可供，相关方原先说再加印，却未兑现，留存在家里的书便这样被“盘空”了。周先生平易亲和，慈祥健谈，我注视他的双眼，坚定又从容，像大山一样的人，这种眼神很少见。前两天有个女读者来拜访周老师，说二十年前给他写过信。我们渐渐聊开，一阵阵和煦的春风吹进我心田。

周先生执意留我吃午饭，他说简简单单，也没有准备什么菜。我心里很是忐忑，我是来讨教的，还管饭，真是受之有愧。厨房里阿姨“当当当”忙开了。哎，我太有些不知天高地厚了。周先生说今年事情多，家里不太顺，家人中有几个先后住院或手术。周先生对名利看得很淡，只做自己想做的事，活出自己理想中的样子。他的思想走在我这个 70 后前面。我们一直围绕文学、人生、时代聊，周先生说得多，他是前辈，更有分量和意味，我也表达一些自己的观点，在我只是模棱两可的想法，在他那一一验证，实在是难能可贵。有感觉才写，不为写而写，写了也并不非要发表，不为取悦谁。这需要智慧、定力和胸襟，周先生这样的大家才能做到。

开饭了，我的碗里像一座小山头。周先生不时起身用公筷给我搛菜，把我当客人款待。阿姨烧菜真有一手，我“师母师母”地叫，她也只是笑笑。周先生送我到门口，说烧饭阿姨是内姨，师母在城里带外孙女上学哩。直到汽车发动，我们挥手互道珍重，周先生才回院子里，我心里满满的敬重和感激。

夜里梦到父亲了。我问他：“您冷不冷？”然后抱着他，他没有回话。单位的那张小床，换上了自己添置的硬棕垫，它依然不能给我好梦，挺崩溃的一件事。

《弟弟最后的日子》这本书出版于 2013 年 8 月，那时我的老父亲还健在，但是按时间推算，他在胃癌中期阶段，到次年元宵确诊晚期，只有六个月阳寿。如果我早一点读到这本书，父亲面对死亡的恐惧和病痛折磨时，我会和他好好谈谈死亡这件事。然而现实里并没有，陪父亲最后的半年，所有人瞒着他，他至死都不知道自己确诊时已是胃癌晚期。而家忠虽是很不幸，却又是幸运的。他在年富力强的38岁时患上晚期肝癌，生命的发条进入倒计时，亲情眷顾左右，他本人虔诚皈依信仰，“在爱中建立自己”，生命之花在爱中绽放，辞别此岸到达新的彼岸。我看到信仰的力量，周家人荡气回肠的大爱之光没能眷顾我。我晚来了六年，错过这道亮光。那一段时间，也是父亲最后的时光。他说喉咙不舒服，头皮莫名起癣，其实都是征兆，我从没有往那个方面想，他烟酒全齐，但是饭量正常。家忠和病魔斗争的三年，也是作为兄长的周先生备受煎熬的三年，我们都是很受伤的那个人，手足情，父子情，见骨见肉的至真至情。死亡张牙舞爪，专门盯着那些更苦难的人，没心没肺的它偏偏放过。

没有信仰是多么可怕的一件事。自由、平等、健康、有尊严地活着，都是我们向往和追求的信仰。我们都是父母的孩子，孩子的父母，由生入死，我们能给后人给世界留下些什么？取决于我们的信仰，我们为信仰付出的多少。美好的生活来之不易，那些更好的可能性都存在。

八个月之后，我又去前洲拜访周先生。

“惠山文心”多次找他约稿，于是《石猪槽》得以示人。我在周先生家的院子里见到了那一对石猪槽，蓬勃着绿意。这次引我进门的才是师母，素未谋面却似曾相识，她领我去一楼书房。案台上堆满书籍，打印好的稿件和几本厚厚的古籍辞典散落其中。师母给我泡了一杯红茶，对着大厅喊：“国忠，国忠，客人来了！”我和师母寒暄：“最近雨水真多！”“是呀，没完没了。”书架上“胸肽腺”的药盒引起了我的注意，角落里还压着某医院的X光片塑料袋。我指了指那个袋子问师母：“周老师身体还好吧？”“就是肺上有点炎症，吃药呢。”这时周先生迎了过来，向我伸出手，我趋前紧紧握住周先生的手，他硕大的手温暖而有力量。这是我们时隔八个月后的重逢，鬓微霜，却看不出他动过手术的样子，精气神十足。他引我坐到有红色坐垫的靠椅上，一种久违的亲切感袭遍我全身。有时我想，要是父亲健在多好啊，他们身上有相通的地方，睿智、敏锐、嗜烟如命。我偷偷问自己“周先生会不会是父亲暗中派来的？”周先生毕竟是大作家，我为自己这个想法羞愧难当。

这大半年以来，周先生寻医的经历堪比小说。

他 2018 年切除了困扰多年的胆囊。针对 2013 年就查出的胃窦部的两个隆起物（活体检验为良性间质瘤），他除了每年体检跟踪外，没吃任何药物。而专家根据新的医学认识，认为这类组织也不排除病变可能性，建议干脆尽早切除以绝后患。结果，手术很顺利，但病理切片报告显示，那根本不是什么潜在威胁，而是囊性组织，显然误诊了，白白吃了苦。后来做体检，又发现肺部有不明炎症，专家建议用进口药，连续服用半个月后复查，结果没有任何好转迹象，现在采用中药调理。当时他曾笑着对大夫说："病因不明，药物无效，如果减少熬夜，减少抽烟，不吃药不治疗，会不会死？" 医生被他逗乐了，也笑着回话说："那你总不能这样无视它吧！" 周先生夹烟的动作娴熟又自然，除了香烟盒，他的眼镜盒也有许多备份。

周先生上半年开始拿起笔"重整山河"。他不会打字，仍是老老实实地爬格子，然后请女儿帮忙打印出来。最近写了不少，都来源于生活，而且在文法上又有了变化。他拿出《荷花缸》《石猪槽》《秤》《青花砚》《朴树》等系列新作，把创作经历，行文的立足点剖析给我听。其实，他对写作持有一种简淡的心态，说："没有必要把文学和创作看得那么神圣，也没那么神秘；之所以写些文字，除了出于爱好和内心需要之外，更多是在记录过往中认识自己，当然，也是一种遣日方式。" 他还不时提问，像个考官，而我是笨拙的学生。

周先生谈起音乐的力量，说："音乐无须翻译，跨越国界、跨越人种无阻隔，它是一种真正意义上的全球通般的特殊语言，也是最顶尖的语言，对心灵穿透的速率和覆盖率，是文字语言所无法企及的……" 大提琴家豪瑟在克罗地亚空旷的斗兽场倾情演奏，四周没有观众，全球线上直播，琴声响起，直抵心灵最深处，不由得让人泪奔。如果人的心里有一个阁楼，那么音乐一定在最高处或最深处那一个空间。

对于“读者意识”，周先生坚持为自己的心灵写作，认为写小说可能会考虑读者心理和受众面，构思精彩的人物故事情节去吸引读者，而散文是另外一种语言系统，更多是写自己的真情实感的东西，也就相对少了羁绊和约束，自由得多。

他的那篇《石猪槽》，一位德高望重的诗人老将军给出了如下评语：“一篇天人合一的美文，由古及今，由物及人，由废及用，由老及幼，由静及动，哲思隽永，文辞优美，耐人寻味！”老将军是读懂读透了，而我吞吞吐吐，却没有说出他认可的回应。他对自己的新作似乎还满意。人重在“直”，行文贵在“曲”。他对我那本《表情》里的一些回忆性的文章有深刻印象，而对其中几篇短文，他坦言，深度和广度方面尚有待提高。他认为：你爱文字，文字也一定会爱你。写自己最熟悉的领域，内心最想表达的东西，散文贵在一个“真”字，当然也允许有微量的非真成分存在，事实上也做不到百分之百的绝对真实，但决不能因此而任意掺水！读者眼睛亮着呢，而且往往比作者更聪明，所以切忌矫揉造作。写作上遇到瓶颈很正常，如何突破得看自己的努力和造化。对周先生而言，《弟弟最后的日子》是他的扛鼎之作，在整个中国文坛，掀起风浪；《人民日报》《光明日报》《文艺报》《中华读书报》《文学报》《文艺评论》《花城》等主流报纸杂志，以及《新加坡联合早报》等都发表了专家评论或转载了作品“节选”，真是好评如潮，影响深远。这是一部子孙后代都能读的书。尽管过去了七年，已一书难求，但影响在，仍有不少觅书者，旧书网店偶尔出现的二手书，价格已由原来 28 元涨到 279 元一本，这泣血的文字世上少见。

交谈中，周先生的烟瘾时而凑热闹，吞吐之间，更加意气风发。我几次想提醒，又觉得是一种不礼貌的行为。他是要和烟草“相舞相伴”“继续为伍”的。

在二楼“青城居”，我们面对面坐着，这是他的书房，以他早先的笔名“青城”命名。书房内堆满各种画作、书籍，墙上挂着匾额和书画。就是在这里，留下了四俊诸多雅趣，汇成《四俊散记》，成为一个时代的信物。他们都是文艺界翘楚，书中没有提及的故事，周先生也在吞云吐雾中娓娓道来，而且往往出其不意，惹得两人会心一笑。时间在青城居并没有穿透力，它们被阻挡在门外。

饭点到了，师母上楼来催促，我们聊得正酣。我的肚子也在认真倾听，根本感觉不到饥饿。他指着手中的半支烟："抽完它我们下楼。"我和他之间隔着一个小小的盆栽，他顺带说起外孙女给他出命题作文的趣事。某日下午，外孙女端着这个盆栽对他说："外公，家里好多东西你都能写，我手上的你能写吗？"这就是一篇命题作文啊。每轮叶 6-9 片不等，浸泡在水里的根须像胡子。我在心里构思，换作我又该如何下笔。周先生洋洋洒洒，一气呵成。案几角上的一块赏石，也是他的写作对象。他懂书法绘画，对紫砂、瓷器也有研究，兴趣广泛，像个多面手。

周先生的母亲耄耋之年，一脸慈爱沧桑，周家最大的宝贝。这也是周先生不大肯出门的原因之一，能推的应酬他一律不去。最近一次的讲座，是当地的统战部组织的，又通过其女儿力邀。"悠悠天宇旷，切切故乡情"，周先生没有推脱。前洲的发展史，对他而言，如数家珍。90 分钟的即兴演讲，没有草稿，信手拈来。他不喜欢条条框框，热衷与听众双向互动交流，直抒胸臆。我试着想象当时周先生娓娓道来，话说当年的场景。就像当初《弟弟最后的日子》作品研讨会，那才是真正的激情碰撞，大快人心。好的作品一部就够了。

还是那张圆桌，周母、周老师、师母、我，一家人其乐融融的温暖涌上心头。席间，周先生用公筷给我不停搛菜，我既感动，又有些不安。

不知不觉中午 12 点多了，但两人仍相谈甚欢，从文学谈到生活，从工作谈到人生……文学成就上周先生在顶峰，我还在山脚下仰望。文学是我们当之无愧的"媒人"，周先生的创作谈、生活的箴言、两个男人之间推心置腹的对话，都是值得珍藏的美好回忆。周先生不仅是德高望重的前辈，他还有父亲的轮廓，对我慷慨无私的点拨指导。很多时候，我没有准备好问题，而他则知无不言，言无不尽。这样的熏陶，如果我还不能开窍，孺子不可教也，也枉费周先生的良苦用心。他年长我两肖，生活的磨砺、古籍的托底、社会阅历的积淀，造就他厚重、睿智、敏锐、正直、朴素的文风，看似轻描淡写，实则寓意深远，充满张力。以我的半瓶墨水，还太过浅薄，小溪无法洞悉大海。我渴望流动，掀起自己的波涛融入大海。

我起身告辞，在院子里给石猪槽拍了照，验证他所说的，写自己熟悉的，内心想表达的文字，追求宁静内心中的活泼。周先生虽说只读过六年高小，但他从没有停止学习，并且始终保持着一颗敏感和向上的心。

我以后定要去多看看先生。并且，还要多准备几个问题。他抽丝剥茧，为我指点迷津。而我也要以新的姿态，在文字语言的淬炼上狠下功夫，在象征、隐喻上狠下功夫，在情节和细节上狠下功夫，在行文的深度、广度、厚重感上狠下功夫，找准短板，有所精进，不枉费周先生的一片苦心。假以时日，留下正当其时的文字。

人们常说，作家常常与孤独为伍。而甘于寂寞的周先生，是我心中敬仰的高山。他的人文思想和作品不同凡响，引发许多读者的共鸣。我由衷期待并祝愿他身笔两健，创造出更多抚慰心灵的精品佳作，用文字的微光点亮星河！

温暖的人

小温长得像《阿甘正传》的阿甘，眉毛平直，牙齿洁白，加上耷拉的小眼睛，步子走得快一些，两只手就晃荡晃荡，像一只正在烧烤的鸡。同学给他取了个绰号——“蕴鸡”，一听就是呆头呆脑又没大用场的大男生。“蕴鸡”一直叫到高中，大学毕业后回到老家，再拜师学艺，混迹到金华广告圈，许多年下来也不温不火，有了点小名气。反正大家开始叫他“小温”。过了几年，娶妻生子，爱人是经媒人介绍的。据说婚后感情一般，隔壁邻居说，时不时会有争吵，也不凶，吼几嗓子就停了。过几天，又吼几声，大家都习惯了。也没有听说过小温有什么外插花事情。本来嘛，像小温这样老实巴交又肯干的好男人，总会有好日子过，妻子总结说。

妻和他是高中同学，“那会儿他蛮帅，特别勤快，如果上晚自习，小温会送我回家，好几次都看到街心立着瘦小个儿呆呆的身影，他没走远，一直仰着头看我住的阳台。”有时候妻会得意扬扬地说。“你有没有下去送伞。”我调侃妻。妻鼓着嘴说我神经病。她说现在做了执业药师正好可以治我的病。

有一天，妻突然说小温准备把他住的房子卖掉了。我大吃一惊，问来才知道，小温爱人的病复发了。我们都第一次听说。

小温孩子两岁的时候，他的爱人咳嗽不止，痰中带血，后经医院确诊为肺癌。小温带着妻子到上海求医，经过一个多月的治疗，才化险为夷。

安好了十年，小温爱人的病最近突然复发了。这个突如其来的打击让小温一家人都懵了。小温的广告公司只是个小公司，虽然打拼多年，这几年也没有多少盈余，对于动辄上百万的治疗费，简直杯水车薪。小温停下手头工作，为爱人四处求医。他先向父母寻求帮助。老人闻癌色变，认定复发了很难医治，家里也实在帮不了太多。娘家父母拿出五万块，说家里还有个弟弟要照顾，五万元已经是极限，后续治疗只能让他们自己想办法。

他爱人的情绪完全崩溃了，十年前的治疗已经把一套房子卖掉了，这次又要 100 万，总不能把住的地方也卖出去，万一钱花了没治好，让小温和孩子如何面对困境。她哀求小温，不去医院了。小温这次又吼了："哪怕砸锅卖铁，也要把病治好，孩子更不能没有妈妈。"

整个夏天，小温都和他的爱人待在一起——或者说，小温黏着她。每到傍晚，镇上的人都会看到小温拉着他爱人在新村村道兜风，有时也会走到老的护城河边，或者广场周围。小温完全换了个人似的，小心翼翼做任何事，说话，喂药，送孩子上下学，还承包了所有家务。他把广告公司也停了，好像生来就是为了侍候他身边的这个女人。这个"突如其来"的复发，彻底改变了他——他拒绝用这样的字来形容它，他说，这叫"召唤"。

许多时候，我们会藏着自己的真实感受，而突然的困境会摘下你的面具，它表现出的脆弱、无助和亲近，也意味着自我被粉碎。小温的处境现在就是这样。他只好选择粉碎，幸好他一直是诚实善良的人。几个和小温合作多年的老主顾，伸出援手，他们各自给他打了 50 万，让小温抓住机会，保住了一个完整的家庭。

阿甘有一句台词："我喜欢这样一辈子跑下去。"这句话论述小温最合适不过。

春节我和妻回了趟老家，当然一定要去看看小温。小温还是老样子，只是两鬓多了许多白发，走路也慢了许多，两只手不再晃荡晃荡，却时不时拉着他大病初愈的爱人，一直带着笑容。我对妻说，应该帮他改一个绰号，叫“温暖的公鸡”。

要是当初丈母娘家再有个女儿，这个妹夫跑不掉的。

金色歌者

坐着忙了半天，我手上的活还没做完，腰椎已经在抗议。于是我下楼去露天公共锻炼区松松筋骨，那里有几组健身器械。

一阵清脆的女中音从绿化带那儿传出来，着实吸引了我。循声望去，这才发现树丛里坐着一个人。她戴着浅绿色草帽，背对着我，白色的数据线伸到头发里。百灵鸟般的声音，她忘我地唱着，嗓音穿透骂蠡港，余音绕耳回味绵长。我享受着她的独唱音乐会。小郭兰英啊，歌曲不在我所熟知的年代。几曲唱罢，她起身就要离开。我立马冲着她的背影鼓掌，“阿姨，唱得太好了，你是专业唱将吧？”她转过身仰天大笑，哈哈哈，“哪里，我从小喜欢唱歌，不唱就浑身不自在。”阿姨朝我的方向走来，敞开话匣子。“平时带孙子，在家里唱会吵到家人和邻里。他们也都反对我唱歌。”“我发现唱歌还能提高免疫力，家里一个个感冒流鼻涕，而我百毒不侵。”听完这话，我也失声笑出来。依她口音，应该是福建那边的人。

她家里姐妹八个，姐姐们称她四妹，天生一副好嗓子。上小学的时候，老师选她当晚会主持人，还安排了独唱节目。上台表演要求做一身得体的连衣裙，那时家里条件一般，姐妹多，母亲说什么也不同意，也不要她当“戏子”。四妹泪眼汪汪，妈妈也无能为力。家里那么多张嘴，已经捉襟见肘了。最后二姐站出来，“妈妈，给四妹做一套吧。过年的新衣服我不要了，省下来的钱给四妹做表演服。”妈妈紧皱眉头，东凑西借满足了两个女儿共同的愿望。老师打趣道：“这是多少个大海的眼泪换回来的啊。”从此，四妹发誓要努力赚钱，出人头地。

四妹天生就是做生意的料，不仅脑筋活络，情商还高。长大后她便选择外出闯荡，去广州批发服装到内陆卖，她赚到人生第一桶金。结婚后她和老公一起回家乡发展，做一些日用品批发，挣些小钱。1988 年的样子，她在进货的时候得到消息，国家取消价格双轨制，日用品将大规模涨价。她说服老公，把全部家当投进去。囤了大量啤酒、肥皂等日常生活用品，她跟老板说好，账全部付清，但不提货。人家都说她蠢，笑她傻。结果，一个月后，形势大变物价上涨，她大赚一笔。但她也意识到，这种钱不能多赚，说出来落下发“国难财”的口实，不是正道。于是她又开始找商机，最后瞄准了金器加工。作为一个女子，这种精致的体力活，和她浑身不搭噶，也没师傅愿意教她，他们不认为一个女人能吃得了这样的苦。但她就是那种不认死理，不达目的誓不罢休的人。某金店老板的手艺从香港学来，她认准这家店，上门三次老板拒绝她三次。她不死心，继续与老板死缠烂打，软磨硬泡：“我不要工钱，你让我试一个月，你不满意我就退出。”老板为她的真诚折服，终于松口留下她，但是只给她半个月试用期。还真没让人失望，她天然禀赋，一教就通。老板渐渐改变了态度，对她大加赏识，她也成为店里的得力干将。她拜师学艺自然是为了自立门户，发展自己的事业。老板知道留不住她，只得放手，还指导她如何开店。

她的金店很快开门迎客，尽管她技术好，但是人家就是不买账，可谓出师不利。老板知道后，过来劝她：“店开不下去就回来上班吧！”她偏不信这个邪，想了三天三夜。在店门口竖块牌子，“免费金银加工”。客户的金器银器拿到店里来加工或清洗，分文不取。这真是一个大胆的举动。一传十，十传百，她的金器加工店名声大噪，经常忙不过来。客户对她的手艺赞不绝口，看她那么忙，付出那么多，大热天要冒着一千多度的高温作业，心里都不好意思。她觉得时机成熟，于是改变策略，初次免费，第二次酌情收取加工费，同时增加款式，渐渐和市场接轨。她的局面就此打开，后来越做越大，收了不少徒弟，开了不少分店。紧接着她开始涉足黄金销售，那时 80 多块一克，老百姓对黄金宠爱有加，市场一片大好。打拼多年，当初的誓言已经兑现，她有时间唱歌了。

一唱歌就误事。她在店里开嗓，客户来买两条项链，夸她的歌声宛如天籁。因太过陶醉，结果只算了一条项链的钱。她老公比较细心，记下了摩托车的号牌，后来通过警方找到客户那里，客户把差额补上，真是虚惊一场。老公警告她工作的时候不要唱歌。可是心底的这份热爱与生俱来，哪能说放弃就放弃呢。直到同样的错误又犯了，这次损失 3000 多块，追上门，人家不认账，坚持说款已付清。后来电话也不接，人也搬走了。最后只能自己认了，离柜概不负责，一心真的不能二用。

福建在我的印象中，一个是鞋子，一个是医院。阿姨也不避讳，莆田男人不着家，在外闯荡，以精明能干见长。“莆田人的钱神仙也赚不去”，这是那边的老话。莆田女人逆来顺受，家里弄得清清爽爽，不让老公操一份心。挺着大肚子，还把老公伺候得服服帖帖。莆田女人是天底下最好的女人，但都被莆田男人占有了，其他男人没这个福气。我请教阿姨几个问题，“为什么同样大小的戒指有轻重？”“那是因为纯度不一样。纯度越高黄金越活跃，加工的时候就软，高温枪有 1300 多度哩。”“同样的金器为什么有些人越戴越亮？有些人反而越戴越黯淡？”“这和皮肤有关，干性的人会亮，油性的人容易发黑。酸碱度不一样。黄金还是那个黄金，肌体环境不一样而已。”真是长见识了。

阿姨佩服温州人，说他们把全国房价炒翻天。她后来关注房地产行业。“若干年前十几万买来的房子，现在一出手就是 300 多万。天底下没有哪个行业如此暴利。但是去哪炒也别来无锡炒房，人少地多，这些年，只翻了一倍，没意思。那些小银行放款慢，套牢就走不了了。”她把自己的亲身经历说给我听，我暗自发笑。阿姨对黄金很有信心，冲上2000点没有悬念。老百姓现在重视理财，而且黄金保值，要买就买金砖。她都是去上海城隍庙附近采购。现在老了，也不再倒腾，帮儿女带孩子，跟团游山玩水，唱唱歌。回想大半生，就唱歌这件事不离不弃，去哪都可以引吭高歌。最好站在山的顶峰，对着山川大地，然后大地给你深情回应，一种酣畅的表达，所有烦恼烟消云散。

“我出来透气，吼几声，现在舒畅多了。”阿姨和我挥手告别。我心里不由得升起对她的敬佩之情。她的歌声把我的愁绪拎出来再浸入阳光里，现在整个人轻松了许多，并且领受了不少人生教益。

每个人都有故事，不同的是有的人藏在心底，有的人愿意和别人分享。他们在改革的春风里昂首阔步，无愧这个时代。而我这个倾听者，在他们的奋斗故事里感受着时代的发展和巨变，激励自己作为一个时代参与者大胆放手去搏去闯。

小安的不安

有些朋友即使多年未见，平时没有联系，但是一点儿也不生分。小安就是其中的一个。

她消失了好长一段时间，我和她至少两年没有联络。晚上雷阵雨，我在车库散步，突然接到她的语音电话。她说最近动了个大手术，肺里的毛病，恢复得不理想，电话里也一直有咳嗽声传来。有好多年没有和她合作，在我最困难的 2014 年，父亲胃癌手术，家里盖房子，她及时伸出援手，没有一丝迟疑。

她也是一个精明的商人，在我的产品和别家之间，因为价格她淘汰了我。所以很多时候，我们更像是朋友而不是合作伙伴。她找我通常是跟我来摊苦，而不是谈业务。最早她帮长发商城的周老板打工，她和谁都合不来，也经常和老板吵架。就是因为她业绩无人可及，同事除了妒忌，老板除了妥协，没有别的法子。周老板好赌，欠了一屁股债，装修的时候一个电工死在他的展位。此后就没怎么顺过，他在一次交通事故中丧生，保险公司赔了一大笔钱。跟他的那些导购员都各奔前程，有打工的，也有自己开店的。这么多年之后，只有小安风生水起。她跟了一个老板多年，老板拿她当摇钱树，每个月业绩稳定。她在店里总能揽到生意，她不在店里其他导购就开不到单子，租金都做不出来。后来环保抓得紧，老板撇下她回老家发展了。小安闲不住，除了卖家具也没有别的行当会做。她待人诚恳，有一套生意经。只是她那暴脾气没人受得了，谁又能时刻包容她呢，这些年算是平和了许多。

她住院这段时间，生意一落千丈。动完手术，医生劝她安心静养，她倒也安生过一段时间。仓库有二三十万的货要发，售后不断，店员什么都搞不定，屁大的事都跟她汇报，小安那个脾气就又攻上来了。我承认帮不了她什么，她在那儿滔滔不绝，一点儿也不像病人的样子。我就是倾听，顺着她说话，所以这么多年，她很容易想到我。她的心地并不坏，说话不绕弯，特别敏感多疑，也就是“想得多”。她有当作家的潜质，这个和她个人生活境遇有关，大概更年期也提前了。她脸上长满雀斑，不施粉黛，但她就是野草一样活得好好的，尔等诽我谤我，我自芳菲。她特立独行，生活中她是什么样子，无法想象。我请她吃过几次饭，简单的自助餐，她也不挑剔。人比较实在，也没有坏心思。身边的人没有谦让她的情分，看她不顺眼，或者出于嫉妒，保持着距离。她就像个刺猬一样，谁也不会自讨没趣。

我问她：“你要命还是要钱？”我这个人也是劈头盖脸，不加避讳。“你的病处于哪种状态，会不会危及生命？”“医生说保养不当，持续恶化的话会往悲观上发展。”“那么好了，把店关了，养好身体再出来赚钱。手机关机，店里的事不闻不问。”“那是不可能的，还有这么多货要送，这么多售后要去处理。”我说的她不会听，她只是倾诉，自己心里有主意的。“那就这样呗，到头来一场空。”我把话说绝了，管她爱不爱听。

她往往把重头戏放在最后，她要我给她推荐律师。她前一阵借给一个邻居五万块钱，那人比她小十几岁。当初说借了每个月会慢慢还，她拍了对方身份证留证，但是没有打欠条。看病需要钱，她前几天去讨要。人家态度 180 度大转变：“你治病花钱，这五万块钱又发挥不了多大作用……

何必一直催着我要……”画风完全变了，小安心里像吃了苍蝇一样恶心。讨要多次无果，他已经撕破脸：“我就是不还，你找人。报警，打官司，我就是没钱。”

这是小安原原本本说出来的实情，我没有半点添油加醋，我怀疑她一定瞒报了某些细节。比如，甜言蜜语，以恋爱之名。她那么小心的一个人，难道真的一时心软，智商跌为负数。还是被下了迷药，吃了迷魂汤，都怪月亮惹的祸，我可以代表月亮：“这锅绝对不背。”

我曾给她介绍过阮律师，那时为什么打官司，我想不起来了。阮律师倒好，还让朋友去她那里做成了一笔装 POS 机的业务。她也咨询过阮律师，建议她报警，让对方写下欠条。目前小安打探下来，对方在无锡有两份工作，他有前科，借了许多女人的钱，至于花在哪了？小安也没说。大概他见小安一个女人家，又是做生意的，一时起了意。他是没见过小安发飙，要是见识她装疯耍赖，他一个子也不敢贪污。现在她是病猫，他貌似占着上风。等她康复了，张牙舞爪的样子还是很吓人的。这也是大多数人不敢惹她的原因。可以躲，可以视而不见，就是不能粘上她。她发起飙来，方圆三里地寸草不生，我眼前出现一幅凄惨的光秃秃画面。

她现在身体欠安，阮律师的建议一时不能消化，来听听我的唠叨。她也不指望我，我就像是垃圾分类的无害垃圾桶，蓝色的那款，她吐干净了，蓝天白玉就会罩住她。而我左耳朵进右耳朵出，垃圾桶被清洁工拉走，也与我无关。

我给了她一个本地知名律师的电话，他属于公共资源，匡扶正义，普法达人。我曾经也向他咨询过法律方面的事宜。一般的事主来听安慰，其次才是用法律保护自己的合法权益，这起官司棘手的地方在于对方无固定住所，社会关系复杂，没有打欠条，仅保留了微信聊天记录。谁的钱都来之不易，欠债还钱天经地义，对方到头来占不到一点儿便宜。女人有心软的时候，男人这个时候入侵，大多数能得逞。但这是不齿的乘人之危，良心也会遭天谴。

通了四十分钟的话，她大概快意恩仇了，发泄得差不多了。律师的号码也已给她，事情怎么发展，我也不关心，希望她先把身体先调理好，生活逐渐回归正常轨道，然后去打妖魔鬼怪。现在她正虚弱，需要一张床，一个密闭的有氧空间，什么都不想，什么都不做。这一点谁也帮不了。再弱小的女子，自己不刚强，生活也不会起怜悯之心。

生活就是这样戏剧化，并且险象环生，一波未平一波又起，相信小安一定能安然挺过去。

第三辑　跨年

余味

一

茅台蜚声海外，喝了心疼肉疼。世上不缺好酒。老爸曾说，喝了口不干、头不疼的就是好酒。在江南的乡下，冬至过后，开春之前家家户户都要酿酒，也就是当地俗称的“缸米黄”，有温度有热度的液体。送人情，招待亲朋好友，倍有面。酒柜上至今还有半瓶杨梅烧，父亲喝剩下的，一晃七年了，酒水艳如血，杨梅浅白色。父亲闻到这酒香就不会迷路了。

他喝酒有讲究，只认原生态的家酿酒。黄酒、红曲酒、高粱吊的杨梅烧，一年到头接得上。无须大鱼大肉，炒花生米、炒豆腐干、炒鸡蛋、大蒜头，简简单单。白米饭还在大铁锅里焖着，他独自坐在堂前太师椅上，抿一口，皱起眉头，发出“啊”的声响。我在米饭沸腾的时候，用勺子撇一碗米汤水出来，半趴在八仙桌上陪着老爸。母亲会喝一点儿，通常她上桌我们已散席，五个碗三个空。农忙的时候酒是好东西，一杯黄酒下去，体力恢复得快，晚上还助眠。当然，贪杯误事。我的记忆里，乡下男女老少都很能喝酒。酒友划起拳来，连吆喝带比画，吼得青筋暴露，脸红脖子粗。“一定恭喜”，“四季发财”，“五魁首”，“六六顺风”，“双中”，不明就里的我还以为他们在吵架。有人发起酒疯来，他说过的荒唐话，少有出格的事情，也没人当回事。

何以解忧，唯有杜康。一个人喝完，蒙头大睡；或者借着酒劲，一股脑儿把憋屈倾倒。也有，喝高了，躺在大路边，抱着电线杆亲个不停。众生百态，酒让人顽皮，让人神魂颠倒。红白喜事，饭桌上是少不了它的。怡情小酌，对酒当歌，人生几何。

适量喝酒，延年益寿。贪杯误事又伤身。两个活生生的例子。老张在当地有头有脸，狐朋狗友一大堆。今天你家喝，明天我家喝，没有在家吃过一餐安稳饭。后来喝到医院里去了，检查出来肝癌晚期，半年就走了。如今是再也没人劝他戒酒了。还有一个，也是酒鬼，查出有糖尿病、脂肪肝，总算是节制了。一个人在家，晚上没熬住，喝了二两白酒，饭后吃抗生素，结果送医不治而亡。吃药喝酒，亲人泪两行。

我天生长着一对小酒窝，只是装饰用的，并无酒量。小时候，长辈筷子上蘸点酒，放在嘴边，吧嗒吧嗒，皱起眉头，此乃何物，我晕我晕我晕晕晕。不喝酒的人，成不了大事，交不到铁心朋友，我认。酒嘛，水嘛，喝嘛，干了它！

二

小时候，家里除了电灯没有电器，后来才添了“乘风”牌落地扇，“西湖牌”14寸黑白电视机，“齐洛瓦”电冰箱。那句广告词我到现在记忆犹新，“每当我看到天边的绿洲，便会想起东方齐洛瓦”，父亲就是被这个广告吸引的。夏天的犒赏，当数白糖棒冰。一辆重磅“永久”自行车，后座绑一个木箱，上面用油漆喷两个大字“棒冰”。小贩戴着草帽，嘴里不停吆喝：“白糖棒冰！白糖棒冰！……”一张非洲脸，露出洁白的牙齿，两只手伸进去，我踮起脚尖才能看清，他掀开两层棉絮，变出一根白糖棒冰。绿豆雪糕、赤豆雪糕、奶油雪糕，相对奢侈一些。这时存零花钱的妙用就体现了，当然失望的时候也有。

小货郎“鸡毛换糖”给童年带来许多乐趣。他们每天挑着扁担，手里摇着拨浪鼓，利用脚力走街串巷。对年幼的我们而言简直过节一样，廉价的水果硬糖如此诱惑人。民间杂耍、露天电影、社戏、花灯，一个时代的记忆，再也回不去了。乡下留不住年轻人，读书跳出去的，创业当老板的，走出去打工的，只有过年的时候才回来，如同候鸟一样。生在农村长在农村，太多的留恋和不舍，只剩下回忆的壳。

后悔那时没能拥有一部照相机。用到照片的时候才会想着找照相馆。对摄影过于苛刻，总觉得抓住的不是自己最好的那一瞬间。哪一面都不完美，它毕竟是一门艺术。原本长得委婉，回不了炉再生产。相由心生，相机懂主人的心，不可复制，无法重来。虚妄和虚无，它们不讨人喜欢。

从小喝粥长大，到了无锡移情早面。家乡早餐里少不了腌制的水萝卜、豆腐乳、烂生菜、大饼油条、炊糕。或者用面粉糊饼，加个鸡蛋或是葱或是韭菜，村妇端着碗从村头捧到村尾。无锡正宗的粥铺并不好找，多了些调味品的味道。又想起和父亲在公社粮站吃食堂，大铁锅有一米多宽，里面的粥泛着绿光冒着泡泡，舀一碗，甘甜软糯，入口即化，真是人间极致的清欢。大锅饭是特有的，普通人家没这样的锅。

面要筋道，汤要通宵达旦地熬，浇头五花八门。健一点儿，透一点儿，烂一点儿，白汤，红汤，汤面，拌面，名堂多着哩。我选择白汤烂面，鸡蛋、姜丝、黄瓜、海带、莴苣、毛豆百叶，食材看起来很家常很亲切，轮番点，天天新花样。糖不放，醋自己添，撒好葱花和大蒜叶。小笼包还是青睐商业街笑来喜的，毛华玉兰饼、糊涂生煎、小杨锅贴、胖玲玲虾滑小馄饨……早餐可以一个月不重复。无锡吃货多，动不动要拔草，安利哪里哪里，网红店扎堆冒出来，有些成过眼云烟，有些成经典。看朋友圈有人为了某杯奶茶排队两小时，他喝的到底是闲情逸致还是时尚潮流。无锡人对美食的爱，三天三夜也说不完，这座宜居的城市，吃货天堂，让人从嘴里甜到骨子里。

冬至夜话

冬至前后一直有雨，老天重复着我们流过的泪，提醒我们不要忘记逝去的故人。

爷爷奶奶的墓碑修葺完毕，我给叔叔转去一笔费用。两家对半，叔叔为这事打了好多电话给我，父亲不在了，我要代好他的“职责”。我就一个态度，叔叔做主，费用会承担。这面大旗叔叔杠，我保持队形。母亲心里不悦：“大哥不在，眼里就没有嫂子了，明摆着欺负我这个外人。”然后长长叹一口气，我们姐弟仨轮番安慰。通常两个姐姐都按不住了，就轮到我出马。我说的话，她还是能听进去几句。末尾关照她注意饮食，想吃什么就买，天冷衣服多穿点，照顾好自己。

“大姐有没有给你打电话？有没有说要接你去上海住一阵？二姐最近来看你了吗？”我在电话里提出了一连串问题，“我哪里也不去，家里自由。”她不假思索地回答我。大姐大姐夫白天忙事业，晚上忙应酬，顾不了她。她一个人在家关在笼子里一样，语言又不通。当然女儿需要她的时候，她不会推辞。大姐腿不好，外甥女生宝宝，一个电话，母亲就过去了。然后待一两个月又吵嚷着要回家，搞得大姐一家哭笑不得，安排专车送回。母亲的咳嗽季节性发作，又是临界高血压。她不愿意去二姐家，徒步爬六楼，气喘吁吁，心要跳到嗓子眼。

她爱管闲事，好事坏事往自己身上揽，往往两边不讨巧，一个人又在那里唉声叹气。大年初一去池塘洗衣服，村人夸她："云娥，你真肯做！"她嘻嘻嘻，传到父亲耳朵里，"人家这是在说反话，揶揄你知不知道？"母亲是嫌父亲唠叨的。他们吵架，我们姐弟三个只是躲着，沉默以对，更不知道帮谁。他们为鸡毛蒜皮的事，为家里开销的事，为根本无厘头的事，像是冤家一样。母亲只是哭，冲上去拉扯父亲，然后父亲跑开。没几天，两人又和好如初了。他们这种沟通方式在我们子女成家立业之后就消失了。

父亲一提到一个叫"花皮塘"的地方，母亲嘴里就蹦出"杨大妹"。到现在，我也没整明白。我都当父亲了，他们在我面前拌起嘴来，我从不劝母亲，只跟父亲理论。"你母亲说不清楚的啊！""你是有文化的人，你跟一个不识字的女人讲什么三从四德，这就是你的不对了……"我还真服了自己，也许父亲是怕自己在儿媳，孙子们面前难堪，我出马基本都能摆平。"你都看不起自己妻子，儿媳也会给带偏的。"他们这一辈子在吵架中度过，母亲早就把结婚证烧了，孙悟空再有多大能耐，还是逃不脱如来佛手掌。

父亲的离世，母亲花了两年时间才慢慢走出来。父亲入院大半年，她伺候左右，一步不离开。到后来父亲大小便失禁，无法自理，他只跟母亲说。她嘴上抱怨，行动上从不迟缓。她会失眠，会叹气，母亲或许不是他最爱的女人，但是最后岁月，他们互诉衷肠，抱头痛哭。父亲担心老妈以后跟谁，婆媳相处不容易，跟女儿也不是长久之计。母亲其实是很乐观的人，虽然她没有文化又粗枝大叶，但人缘好。她要做的事谁也拦不住。哪怕是得不偿失的。母亲并不标致，不知当初老爸看上她哪一点儿？难道因为他喜欢吃外婆家做的豆腐。

去派出所给父亲销户，从此这个世界上就没有黄献庭这个人了。他活在别人的记忆里，长眠在我们子女的心里。他的遗像保持着微笑，那是他天命之年的表情。笑着看我们，凝固在那里。他的意识辞世前还很清晰，对我们有满意的地方，也有挑剔埋怨的地方。他来不及交代，他贪恋生的眼神，未尽的遗愿，我握他手的温度，不听话的眼泪，拼凑出生离死别的画面。活生生的一个人，被剥夺生的权利，与世隔绝的冰冷。他到哪都是会享受生活的人。我们慢慢接受墙上他定格的笑容，他的沉默不语，还有时常来敲门的有关他的回忆。他在至爱的身体里、灵魂里，永不离去。

气象学上，气温连续五天低于 22 摄氏度，意味着秋天驾到。城市里的树四季常青，落叶不是秋天的专利。短袖中裤罩不住了，长裤长衫横行街市。秋天好像让人特别敏感，一句话、一副表情、一个突发状况，心绪翻腾，压制着，岩浆流动。

我们都要老去，退缩到世界的边际，给青年让出路来。我所受的教育，取得的既往经验已经解释不了现实的状况，有时很有些茫然无助。生活那么难，我不能停止。我也不会向任何人承认生活出了什么问题。时代在前进，个体怎么如此疲惫。越到中年，越觉得人生的压力，有时焦虑摆脱不掉。往最坏的方面想的思维惯性总能如愿以偿。碎片化阅读，庸庸无为，身体里的意识回应心灵。闭上眼，怎么也睡不够。什么时候欠下这笔睡眠债的，春困夏倦秋乏冬眠四季如梦。胃其实是情绪器官，不能再多吃。

政政吃得像个球，宁宁瘦成竹竿，没有厚此薄彼呀。他喝水都会胖的。电子游戏到底哪里吸引人。玩物丧志，伤眼睛，在最美好的年华，成为电子产品的俘虏，与现实生活剥离。我已经做好心理准备：或者，你们远走高飞；或者，来报恩也挺好。

睡眠会因床铺不同而有深浅。运河东路那张床即使安放了硬棕垫，夜也无法睡深沉，那种不可预知的紧迫感挥之不去。

“当经济上不再有负担，人就要开始追逐自己的梦想。”这句话深得我心。

跨年

拿什么去跨年，一只烤鸭、一碟玉米烙、一碗银鱼羹、一盘油面筋、一条清蒸白鱼。一家人吃完擦擦嘴，大呼快意哉。我看着桌上的风卷残云，有小小的满足感，把它们拾掇到垃圾桶，戴好手套站在水槽边刷碗筷。

蛰伏在感官里面的碎片化阅读让大脑不得闲，只是反射弧消失得太快。朋友圈里感慨多，元旦不及农历除夕，还有三个多礼拜，春节是一件可期待的事。回到那栋房子，吃老母亲做的饭，去父亲的坟前祭拜，最应该磕头。他是个重情念旧之人，我这个忤逆子，回来得不够勤快。唉，通往公墓那条崎岖又狭窄的山路真不想走，如果您可以活过来。

不想表达什么，有一段时间没有发朋友圈，设置成三天可见成为身边大多数朋友的选择。佩服那些没有朋友圈的人，你不能找到他，他的世界铁将军把门。元旦轮到我值班，“三工啊”，同事羡慕地盯着我。单位院子里空荡荡的。白猫躲在车厢底下，也不出来见人。黑猫被人忘记，因为早已下落不明。它们把安静归还给冬天，凌晨三点撕心裂肺的叫声从此销声匿迹。

冬天，泡澡、吃火锅很应景，但是原本在家里就低声下气的我，根本没人理会。室外接近零度，绞股蓝茶一杯接一杯，然后生出尿意。生命一直在倒计时，还有很多事情没有去做。精灵们在天上飞来飞去，唱着歌、跳着舞，那是另一个平行世界，与一切凡间惆怅无关。

饭局上有鸡有鱼有凤爪有糖醋排骨，几个同事在一起胡吃海喝，他们讲劲头抖落坊间趣闻一大堆，我装作在听。

左肩膀凸起小骨头一挤压就痛，左足弓处早上起来钝痛。脖子也坏掉了，经常脑供血不足，眼前不时出现幻觉，腰椎间盘倒不突出了。推拿院会员卡里还有多少余额记不得，很久没去，伤筋动骨的按摩像是学生时代体育老师赏赐给调皮同学的体罚。朋友建议我做个 CT，再看看吧，我想也还没到那个地步。

透支信用卡会影响未来的生活质量，虽然分期能扛过去。由此推断透支人生的幸福也是岌岌可危的。母亲电话里叫了我好几次乳名，她说给我买了睡衣，旧的被洗衣机洗坏了。过新年，当然要给儿子买新的。她去银行取出连号新钞，给儿孙们的红包都准备好了。我向母亲提出要求："照顾好自己，不要那么辛苦。"家里她在张罗，还有三个礼拜，她天天数日子，等我们回乡过年。

年轻人的想法，还真捉摸不透。同类里也有异己，书读得越多越反动，恐怕是不读书的借口。他们的思想没有被浸染过，被警惕和不安裹挟着，最接近本真，不能分享的浩瀚星空才最美丽。

又脑供血不足，我眼前出现了幻觉，小说起了个头，又把"王小雨"扔在那里。内心荒芜的人，总是得不到陈述的慷慨。那些咬文嚼字，一些被清理，一些保存下来。要让愁绪脱离苦海，放在人间晾干。

冬天起夜小解纯粹和舒适懒惰过不去。如果想要缠绵悱恻一下，身体更要排空，发乎情，止于拥抱。早上七点半，太阳已经把卧室点亮，朝南户型拥有太阳晒屁股的叫床服务。青菜泡饭、面条，满足不同口味。我这个厨师可是上天派在人间的美食家"卧底"。午餐四个人，五个菜，有滋有味。将来餐厅这张桌子会围坐更多的人，那真是家族兴旺的开始，也是儿子们自立门户的时候。兄弟俩挤在一张床上，以后会怀念这样的冬天。

身体和思想一路磕磕碰碰，十三岁前相安无事。十四岁的样子，整个人背对着烈日在露天平台上暴晒，它们粘在一块，发誓永不分离。青春那几年，黏合剂脱胶，承诺失效了，思想要洒脱一些，身体实诚。

身体蓬勃的时候，思想还很害羞，外界得到一些启发，看不出它们别扭的迹象。四十岁以后，身体和灵魂经常貌合神离，合计着友好分开。总有一天彼此嫌弃，甚至大动干戈，然后分崩离析。

彼岸花

一

整个人处在一个恍惚的状态，脖子僵硬，身体不稳。空气湿度让心脏间歇性不适。有多少心愿清单未了，人生像是解一道方程式，x，y，z，各有归处，冲突或被摆布，最后恍然大悟。

王小雨经常光顾幸福广场的阳光足浴店。Queen 是店里伙计，一年四季裹着黑色套裙。她对他格外热情，通常把他带到 2046 号包厢，然后安排 58 号，那个叫梅姐的技师。隔音不好的房间，剥夺存放安静的权利。电视机可以关掉，他们的嘴用什么去封，只能捂紧自己耳朵。长袍服贴在身，已经入戏，仆人还未出现。敷衍一个人比较简单，西瓜、哈密瓜、黄瓜、傻瓜，哪一种看起来比较安全？大麦茶里喝不出去年秋天阳光的味道，梅姐裹着深蓝、橙色相间的罗锦缎，鞠躬的时候衣领里一片春光呼之欲出。喧嚣和宁静，走两步就对立。身体多久没有舒展，敏感的穴位星罗棋布，像是布置好的天罗地网，嵌入一次即迎来疼痛的回应。

在腰部、腹部、左肩膀，放两个烤熟的沙袋，吸走体内的梅姐。风声在耳边呼呼地吹，可惜中央空调不解风情。它走漏了风声。采耳是一件十分严谨的事情，先做足准备，然后慢慢入侵。白炽光像孙悟空的金箍棒，插入耳根深处。那种又痛又痒的感觉，欲罢不能。

阳光足浴店东面建了一座带电梯的幼儿园，主楼只有三层。这是王小雨见过的颜值最高的幼儿园。“我将来要让我的孩子也在里面上学。”他在心里笃定地告诉自己。

那一段年轻的日子，肤浅、轻松，没有闪耀的光泽，甚至有那么点粗糙，直到遇见光。

二

和她最近一次吃牛排已过去了两个礼拜。我们相识于网上某个社交部落。见过一次面，只知道她的网名叫“深海的鱼”。那次没有留下联系方式。她在社区医院上班，打针挂水的那种。个子不高，短头发，一副假小子的模样。像我这种对女孩子有美好想象的男孩子，理想的伴侣该是浓眉大眼，拥有一头乌黑亮丽的披肩秀发。她统统没有，除了她打喷嚏时溅到我手臂上胡椒粉的味道。人活着不止为了工作和拍拖，没有合适的，我宁可选择孤单。

单位停电那天，空气里飘来一阵宜人的玉兰香。我在路边摊吃了一碗酸辣汤，酸到开胃，辣到过瘾的那种。几个小时后狂泻不止，整个人虚脱，不想动弹。我佝偻着去最近的卫生院，排队、挂号，再排队候诊。孤身在外最怕去医院，真是怕什么来什么。

化验，开药，挂水。我浑身无力，整个人像是踩在棉花里，电风扇一吹就要倒。还好看病的人不多，我做好皮试去输液大厅等。肚子咕噜咕噜叫，但并不觉得饿，就是发胀，暗流在体内涌动。我坐在离厕所最近的位置，生怕控制不住。浅蓝色大褂的护士盯着输液单走来走去，“王小雨”“王小雨”“在！”我像是霜打的茄子，有气无力，又生怕被人抢了机会。我希望早点结束，回去自己煮锅粥。护士手脚麻利地为每个病号扎针，针针见血。我坐直了身子，身体向前倾，深深吸了一口气，瞄了几眼面前戴着口罩的护士，她左上衣口袋插着一支笔，腰间大口袋露出一只手表的轮廓。她眼皮都不抬一下，随手一扎，又拔出来，“护士，能不能准点！”“我很痛的！”“一个人大男人，还怕疼？是你太瘦了！”“温柔点好吗？”她用橡皮筋扎紧手腕处，两根青筋像两条蚯蚓冒出来，她利索地将针孔推进血管。一股冰冷的气流沿着手背冲进我体内。我瞟了她一眼，眼睛大大的，睫毛纤长卷翘。我闭上眼睛，身体有一点点冷，全身散了架一样。乖乖隆地咚，这不是“深海的鱼”吗？刚才竟然没认出来。

我一直怀疑这到底是现实还是某个月色很美的夜晚，悬挂在窗外樟树上诱惑我的梦。对于那些想忘记又忘不了的记忆片段，我反反复复加以甄别，结果越来越模糊，甚至生出别的版本。大概是三个月前，我的记性之所以不那么周全，我想是那晚喝了酒的缘故。

我的心怦怦直跳，她的秀发垂在我的胸口，发丝颤动着。她噘着小嘴，双颊绯红，眼睛微闭。“我手背有三个针眼，都是拜你所赐。”“你是我的病人，咎由自取。”“多了一个字”。“什么？”“你是我的人！”“讨厌！”我们的爱情如同阳光一样，照亮彼此说过的每一句话。

世界上最神圣的东西应该是人的身体。她在我怀里卸下防备，我的手在她身上游走，她像是一只温顺的小猫。我的手迷了路，分不清前胸和后背。她是一个没有进化完整的男子，也是世界上最后一条美人鱼。我将来要娶她，和她生一对龙凤胎。

春风在指尖触摸，世界安静下来，我们走向彼此，像花骨朵面向阳光。

三

A：王小雨

B：深海的鱼

A:

很久没有这样写过一封信了，我们都是行走在路上的人，在前行中，身心难免会感到疲惫。人生来就是不完整的，总会有些残缺的遗憾。合适的时候，出现的人很好地弥补了曾经的缺失，这是一件多好的事情。能够找到愿意听你说话的人，能够找到你愿意向他倾诉的人，很难。上天赐予的这一份缘分，是真的看我们太苦，抑或觉得彼此的生活太过平常，让两个人相遇相知。错过，是一件痛苦的事情。是好，是坏？没有办法判断，但都不想错过。

做不进去事情的时候，想着给你写封信，想象着什么时候你打开信件时的模样，是一脸会心的微笑，还是和我一样沉默着的美好。或者什么都不说，静静地面对电脑屏幕，就像面对着从前纸张的信件的那种期待。有时候有些话说出来那样难，但落实在一张纸上，不面对着本人，是一件多么简单的事情。这或许就是近乡情更怯的一种体现。

我对生活没有太多的执念，一切都恰如其分，从不去反抗，也不妥协。现在开始，我要做一些更有意义的事，上天赐予我一件惊喜的礼物。打开它之后，我责怪自己，人生不该如此消极颓废，原来世界如此美好。我灵魂的前方，出现一个挥动洁白羽翼的天使。我的目光将紧紧追随着她。

此刻，我双脚倒挂在栏杆，伸向天空。内心从未像现在这样充盈。我极不情愿地把自己袒露给世界，所以我穿着厚厚的盔甲，能让我卸下防备的人是你吗？人间是否只是个悲剧，快乐那么肤浅，只有影子陪着我。我从没放弃那一份与生俱来的执拗，暗暗和世界较着劲。

人生道路可以选择的，曾经是梦想，后来是爱情，现在是内心，糅合了生活的经验。所以，遇到对的、自己想要的，才会那么拼尽全力。

B:

早晨的天阴蒙蒙的，并不透亮，像极了南方一些人晦涩隐匿的性格。从一个地方的明丽艳阳走向另外一个地方的阴霾多雨，人生经历了另外的选择。有些选择以后，便是一生了。多像一个人影响了另外的一个人。有些影响和追随有关，有些影响和爱恋有关，而有些影响仅仅是自己认为的真理。人的一生是短暂的，人的一生又是漫长的。在这样的生命中，很多人都如流水一般流过你的面前，没有留下丝毫的回波。而有的人注定会成为你生命中的惊喜。

倘若一个人的生命中没有意外的惊喜，人的一生活得该有多么无趣。所以有的人倾尽一生去追寻真理。有的人热爱美好的事物，并且愿意为之牺牲。

有时候在想，以后你会不会怪一个人，怪他迷乱了你的双眼，怪他迷恋了一个人的心思，怪他所有的好和不好，不敢想象。那个人希望所有的一切都像刚刚开始一样美丽。不要怪他，他也是一个人的孩子，一直一个人，那样婉约的冷傲，只不过想要寻一个温暖的怀抱，一个可以愿意倾听的人而已。

相遇很美，就像夹缝中开出的小花，美艳了两个人的生命，它可能会夭折，也可能雪莲一样坚强。面对生命，它向来积极。

长此以往，我们越来越接近彼此的真实，哪怕荆棘丛生，偷偷把它剪掉，依然会长出来。

人生无法预先设定结果，我想在年华老去之前做自己喜欢的事情，努力一次，只有拼尽全力，将来老的时候才不会后悔。道家思想的无为的状态我不喜欢。人还是需要有梦想的，万一你实现了呢？如果没有想法，你连实现的机会都没有。梦想的全身都冒着火花，像是天使一般美丽。

A:

一只西瓜瓢虫急急忙忙穿过地坪，无数只密密麻麻的小脚，铠甲战士的外壳，我给它让路。每天上班的路上都能撞见，不确定是不是同一只，危险因素那么多。来往的脚步、车轮，经不起碾轧，应该有很多的后代。

有的人会说那么好听的话，有的人不说却会去做一些事情，而人的情感最珍贵的就是久远，生命中那么多的人来了，又走了。就像海边的贝壳，总有留在沙滩上的，能够留下的人是多么珍贵。

身边的人越来越少，而我希望你一直都在一个我转身可以看到的弧度里，在我回眸的视线中。

我觉得生活就是一个不断沉思和总结的过程。每个人选择自己喜欢的方式。我从小就是一个爱做梦的孩子，思想比一般同龄人复杂。有自己的一套价值体系：世界是美好的，人性本善，只是后来才变坏的。再长大一点，世界原来和我想的不一样，有太多的未知领域，太多的人彼此走不进内心，林林总总根本把控不过来。只有选择性地筛选，忽略那些不着边际，无法感同身受的事情或人。

音乐、书籍、大自然、散步、一段常青的爱情，可以治愈人生一切失魂落魄。我离它们很近。现实的纷扰在周围喧嚣，不管要不要，它们不请自来。理想的生活状态难能可贵，建立起一个强大的内心王国变得迫切。这样，无论身处何地，清风徐来，内心的花园依旧千姿百态。心心念念的想来就来，不想的拒之千里之外。

人生有 A 面和 B 面，这是我的全部，我把它放在你手心，这是真实的我，希望你珍惜。

B:

挑灯夜读是一个良好的习惯，安静地守在一个地方，找一本书看看，或者和某人聊聊天，都是一种惬意的享受。我很喜欢这样的过程并且享受它。就像很多时候，夜深人静时，掌一盏台灯，靠着枕头，看一本书的过程。这个习惯至今也没有改过。现在能够好好地看一本书，静读一本书是很难得的了。

看好多遍的书，这样的书就是一本好书。像一杯茶和咖啡，喝了还想喝，和女人男人也是一样的。有的人初见时美好，内里却是秕糠，而有的人外在一般，却像美酒有着优雅的底蕴，让人欢喜。

A:

一个清清明明的早晨，并不喜欢睡懒觉，只是睡得稍微晚了一些，曾经的生活习惯，只是被一些事情打断终止了而已，以后会慢慢地恢复。以为丢失的钥匙找到了，以为被人摔坏的东西修好了，只是还有一丢丢不大如意，生活里还是有太多的不如意、困惑需要解释和向外散发。

活着真的不容易，对自己好点，让自己活着的每一天都开心快乐。在你生命中的那个人，你又何尝没有在他生命中，他是你的外在体现，而你也同样是在他生命中的一种体现。感谢天，感谢地，感谢命中注定的相遇。

很多人都是孤独的，残缺的灵魂在世间游荡，所以很多人选择和更多的人在一起快乐，用来抵御这种孤独，但华丽落幕以后，这种孤独更加如影相随，直到让你安心的那个人出现。幸运的人会遇到同样的另一半，而大多数人都是这样一直到老。

人的一生就是这样寻找的过程，寻找自我，寻找自己想要的东西。悲哀的是有些人不知道自己想要什么需要什么，永远在商场里购买现成的衣服，而有的人永远清晰不会糊涂。

日子就这样慢慢流过，你的故乡在哪里？一转眼就能看到的地方，而我的故乡在五百里之外，人啊一辈子最难得的是心安，心安哪里都是热土，不安哪里都无处栖身。在外才知道“故乡难舍，热土难离”，真的很想念故乡的曾经。

气象预报说，明天出梅。高温依然虎视眈眈，空调歇了一年开始工作。独自去看了一场青春电影，一直很期待的片子。回想曾经的中学校园，毕业后一直没有再踏入那块土地，纪念的方式——看看老照片。

运河桥墩下，跳广场舞的大妈们挥汗如雨，蔚为壮观。人有追求，生命的质感才会更有弹性。可恶的蚊子，冒着被拍打成泥的致命风险，见一个叮一个，它被拍死了，在我们的身体上竖立一座纪念碑，很久才会消退。各种执着，在我们看来，都是肃然起敬的。

B:

过来的时候沿着另一面的楼梯拾级而上，戴在脸上的墨镜遮挡住了大部分的光线。楼梯另一面的这条路，它可以从另一面到我工作的地方。因为戴着墨镜看不到楼梯间的细节，不经常走人的楼梯间有些许的灰尘，和他人践踏的足印。仔细看时，还是能够看到一些灰尘以外的东西。这是一种惊喜，别人没有办法知道的。就像人生，当你不经意时，生活或许给你一种另外的活法，或许让你更加坚强地完善自我，也或许就此放下，混沌地活着。

有些事情不知道时，无法选择，当知道以后，就不会后悔当初的抉择。生命给我们的只有一次，浪费在悔过上是不值得的，不如好好地过好现在的日子。人的一生会有三次遇到：第一次是凑巧，第二次还好，第三次是命中注定，逃不掉的，也没有办法逃掉。

用一个诗人的话说，人是奇怪的动物。

爱是一门艺术。开始时我们渴望热烈的拥抱，渐渐地更需要倾听和倾诉。

爱让两颗心不再平庸，成长得更为敏锐，果敢和所向披靡。习惯说晚安，说早安，对同一个人。

A:

又撞见看手相的老阿姨，她说金盆洗手了，现在不会看了，有这本事也不用出来帮人家打工。她现在可是炙手可热的月老。她说现在剩女多，优质男少。奇葩的是，她们个个要求高，即使自己相貌平平，职业一般。现实诱惑多，人容易迷失了初心，所以离婚率居高不下。把左手伸到她眼前，她一本正经在我掌心比画。嗯，这是生命线，这是事业线，这是感情线。身体不错，事业也有几次高峰，偶尔失财，“分叉”怎么解？她避而不谈。哈哈哈，忽悠人。命运在自己手中，有那本事真能拯救世界了。

这两天，身体没有适应这种突来的转变，觉得体内有湿气蛰伏着。我们很轻松地与大自然抗衡，空调想要几度就几度。身体接受了季节的暗示，贪图享受让身体防线变得脆弱。大汗淋漓和夏天更配，把黄梅天从体内赶出去。

知了声声叫着，城市哪里来的蝉鸣。它们是夏天的使者，替我们喊出那一声声酷热难耐。

上半身冒着烟，感觉有汗渍渗出来。此刻大地仍然是个蒸笼。地表三十六摄氏度，非常专一，再有一摄氏度，全世界回到熟悉的最初。

B:

散步的时候在台阶上看到一个空酒瓶，谁把它丢在风里。喝干了坚决，落寞洒一地，无人认领。我这个对酒没有感情的人都会吃它的醋。对酒当歌，人生几何？今晚依然没有月亮，星星也消失无踪。清风在裤管里钻来钻去，带走一些体温，留下无尽的舒爽，这是秋天的柔情蜜意。

慢慢走回去吧。凉风有信，秋月无边，我的影子紧紧跟随着我。

傍晚的时候，我依然站在天桥看风景。来来往往的车辆，稀稀朗朗的万家灯火。

东南风呼啦啦，有些丝丝凉意，招架不住。测流量的闪光灯，亮瞎眼，笑一个，可惜不是合影。道路两旁的樟树隔出天然屏障，围出一个人的孤苦伶仃，我大概也成了天桥上固定的风景。

此间王小雨的回信没有找到。

B：

这是一个安静的早晨，有着安静的阳光和空气，有着所有安静的元素，只是时间到了八点以后，所有的一切都变得喧闹起来。一切都像是活起来似的。这是生机勃勃还是喧嚣，都不重要。重要的是，有人知道这是新的一天的到来，该做些事情了。只有在做事情的时候，才知道人是有价值的存在，才知道自己和别人的差距在哪里。

那些清爽，干净，直来直去的人好像最容易受到攻击和伤害。我以为，世界不是非黑即白，有第三种、第四种状态。哪一种避害趋利，你就选择它。不可能每个人都能成为朋友，大部分是点头之交，他不来落井下石就谢天谢地了，走入内心的毕竟凤毛麟角。对你好的人，你当然对他好；对你不好的人，偶尔也可以报以微笑，

从睁开眼睛一直到现在，才能够安静下来。大早晨的给小区里的流浪猫咪喂饭，真的是强迫着它，它不愿意，但猫咪在夏天不进食是很危险的事情。我只能帮它，它爱我，尽管反抗着，也不忍心抓伤我，但不留意的时候还是被它抓伤了。但我还是希望它好。

王小雨从此不再回信。

最后他们还是没能在一起，那些信不知道丢到哪里去了。写信的人，也失散在潮涌人海。

入侵

一

四十岁开始，牙齿的问题隐现：松的松，塌的塌，晃的晃。

网店搞活动，团购了好几箱干果，夏威夷果、核桃、榛子、巴旦木，掰不开的时候用牙齿咬。知难而退，又换夹子，有难度才有乐趣，牙齿断不能逞强，如此小心依然坏掉。牙齿罢起工来，大快朵颐遇上拦路虎。

吃一碗饭，牙龈缝隙留一些，牙洞里填满，好比给腐败的牙齿“交税”。饭后刷牙的习惯也是倒逼出来的，不然总有一种不适感。我上腭有两个牙齿崩了，剩下三分之一，尖锐的刺口，舌头总是去舔舐它，享受那种刀锋的快感。残渣腐烂，细菌滋生，口腔溃疡，嘴巴里一个肮脏的生态，自己都能闻到异味。

中年人不愿意亲吻，它要负一些责任。眼神对上了，身体就要靠近了，眼睛闭上了，咔，立马缩了回去，没有续集。

两个智齿碎了大半个，每一次纳食，它们两个总是要存私货。秋燥找上我的时候，自上而下疼一遍。有四个牙齿，它们经常造反，疼的是我，茶饭不思，生无可恋的也是我。私下里我在找对策了。口腔医院，街道卫生院，拐着弯的朋友的诊所。

我躺在牙床上，长着耳朵的独眼灯审视着我。它对我不感兴趣，它对黑漆漆的口腔有探知欲。症状显而易见，大夫问起我的疼痛史，严格说，四十岁之前我从不担心牙齿会出现什么状况。牙疼是上火的衍生物，实际上已经出现龋齿、牙周炎、牙菌斑。他建议拔三到四颗牙齿，一劳永逸。这两天右边下颌牙齿疼，整根经络浮肿，最近经常熬夜，吃的都是重口味。整个人不在状态，感觉心里一团火燃烧着，架子上那只锅已经发红冒烟，锅里没有水。我喝了大量的水进去，还是灭不了火，五脏六腑像要焦裂。牙齿不好，也是身体机能颓败的信号。“你还不是最糟糕的。”他这样安慰我。

他把镊子伸进我口腔，在目标周围拖拉拽，弄出动静问我的反应，我说不了话，只能打手势。再用小锤子敲打，他识别出要开洞的那颗牙，左边的牙齿突然疼起来，像是示威：“你先来动我呀。”“今天先把晃动边上的牙齿神经烂掉，要打麻药。”“听你的。”我仅有的一次麻药还是几年前胃镜检查，管子从嘴巴插入，迷迷糊糊中就睡着了，做完人没醒，检查报告已生成。所谓的无痛，只不过是麻醉，阻断痛觉神经传递。

我对尖的东西敏感，他把针头扎在牙齿的边上。一分钟过去了，三分钟过去了，没有异样。接着舌根有些麻，然后四处扩散。半边脸像被填塞物挤压着，从我的身体剥离。我的神智很清醒，略微有一点恶心，起身把分泌物吐掉。他调试电钻，让我保持张口姿势，在牙齿上钻孔，一点感觉都没有，鼻子闻到了焦味，又有轻度想呕吐的感觉。反复几次，我并不能观察他在我的牙齿上做什么工程。大夫在牙齿四周垫上棉花，在里面注射透明液体，再涂抹药膏。麻药盘踞在半侧脸颊，只剩下麻木和紧绷的知觉。我用手捏脸颊，它只是一个附属品，彻底脱离我的管控。

麻醉剂笼络着半张脸，失控不会太久。“后续每周来换药！”加了微信转钱给他，这才知道他的名字，钱玉坤。毕飞宇老乡，他的某条朋友圈如此调侃自己的出生地。牙事并不紧迫，我担心的是后续的拔牙，想想都怕，钳子、暴力、流血、吃抗生素，有几天不能愉快地进食。重头戏在后面，不把它们解决了，它们还会来侵扰我。钱大夫说，错过最佳治疗期了，所以有点被动，我必然要吃不少苦头。

年轻的时候笑话中年看牙齿的人，也听说牙科诊所很赚钱。拔牙、镶牙、种牙，没有最贵只有更贵。民以食为天，牙齿就是通往“天”的阶梯，关乎生活质量。如今我到了这个年龄，牙医们并不以为然，知道你有一天会自投罗网。所以耐性很好，一点也不急，国产的、进口的，它们都是看得见的骨头，将来一缕青烟，它们还会在骨灰里发光，如果生前镶的是金牙。

姑息了两周，我去找钱大夫拔牙。

我生来怕疼，拥有敏锐的痛觉。小时候老远看见医生拿起针，我就想要号啕大哭的。在我的要求下，钱大夫一连注射了两剂麻醉药。一颗智齿，一颗紧挨着的“难兄难弟”，触觉没了，我听到“嘎嘣”的声响，心里莫名觉得畅快，就像咬槟榔。两颗牙齿竟然如此不坚定，他没费多大劲就把它们拽下来，我吐到水池里，血淋淋连着软组织，看着心疼，这是陪伴了我大半辈子的“战友”啊，尝遍人间美食，被糖衣炮弹侵蚀出洞眼，两颗牙的腐败一模一样。所以一锅端，没了主人的疼爱，成为蛀牙的标本，遭人唾弃。新牙不可能再长了。钱大夫说我错过了最佳时间，所以无法修补，只能将它们斩草除根。它们合起伙来折磨我，实际上我早已身不由己。还有两颗牙齿，再姑息一段时间。棉花球垫着，流了不少血。其间还有人上门推销牙科器械，钱大夫把他拉一旁去了。

问钱大夫后续治疗措施，他说不用吃消炎药。两个小时内不能吃东西，最近辛辣的、硬的、热的，都不能碰。等伤口自然愈合就好了。看来又要流质半流质一个礼拜了。我感觉有点冷，有点虚弱，回家在沙发上筑了个被窝。

和七十岁的老母亲在电话里探讨拔牙齿这件事情，“如果不痛，就不要去动它。”母亲建议。也是的，身体发肤，受之父母。陪伴多年，除非它自己想要离开，硬生生拽掉总是不够慈悲。它把所有美好日子咀嚼成营养，才有了我光辉灿烂的半生。

二

去八院3号楼住院部找周护士，取了检测单去二楼连廊检测。护士戴着口罩、护目镜，她那张脸，挤个青春痘得开挖土机。我想打破紧张的气氛，“护士，结果什么时候出来？”“看门口墙上。”她并不正面答。“无锡有病例吗？”“我不知道。”“那就是没有呗！”“我们有保密规定。”“靠墙，张开嘴巴。”长长的棉签在我咽喉搅拌了几下，差点把昨晚吃下的酸菜鱼呕到她脸上，她已经把棉签插到一个装满液体的瓶子里。

这次单位安排体检，勾选了无痛肠镜。做完一系列的检查，仪器将开进我的身体，我的身体对现代医疗科技发放了通行证，会不会留下痕迹呢？人类也就到这个阶段，心里想什么？精神世界如何？好像还遥不可及。但不能否定科技发展的可能性，一千年、一万年以后。也许，我的脑电波还可以追溯，用这些特别频率的文字。

检查室在四楼，换好鞋，用脚踩感应门，沿着地面红线指示到达检查室门口。两张简易床八字形摆开，旁边摆着电脑显示器。绿色大褂，白大褂，记录的，手拿仪器的，随时准备投入“战斗”。“时间不等人啊。”绿大褂沉声说道。“麻醉药不等人。”我随口应了句。我站在无纺布门帘处，扫视里面的动静，等着叫号。我看见绿大褂将黑色的导管插入蓝色卫生布遮掩着的男人下身，他蜷缩着，已经睡着了。旁边的显示器直播着探视器的进程，布满血管的褶皱肠壁，浑浊的气团，人体的微观世界被放大，每个人的身体都是精密的仪器。绿大褂喊我了，按照她的提醒侧卧卷曲身体，张开嘴巴，咬住塑料管口，鼻子接入氧气导管。裤子脱到大腿膝盖处，冰凉的遮盖物贴紧皮肤。“大夫，一定要温柔点，我怕疼。”

我叮嘱她。“你好像比我们还要紧张，放心吧，我们对每一个检查者都很温柔。”手背一丝冰凉，麻醉药从留置针导管往静脉里输送，我扛了几秒钟，坠入梦的深渊。这药效竟然如此迅速。我的世界停止了。我醒来的时候，肠镜马上收尾了。我的意识清晰。“大夫，情况如何？”“胃还好，肠镜捕捉到几个小息肉，已经取样。”“什么时候可以进食？”“6个小时后。”整个过程大概半个小时，我不知道，胃窥镜有没有和肠镜在我身体某个位置会师，它们毕竟是相连的。如果有可能，真想给自己的五脏六腑拍个写真集。

自己上床的，下来就要护工推着轮椅接到六楼住院部。意识正常，身体的活动能力还未解锁，我不是真正意义上的我。护士接着给我输液，两大袋葡萄糖液。两个小时内不能睡觉，要等药效彻底散去，风险才算过去。护士长给我准备了米汤，最早也要在晚上九点半后才能进食。

身体又迎来一个有序的开端。流质、易消化的粥、面条，让肠胃慢慢苏醒过来。如果可以，做一个素食主义者。下半生，有个克制，那么身体经久耐用，梦想才有强大支撑。

这也是体检的意义：审视旧有的生活方式，铺设一条崭新的路。

在水一方

一

一只鸽子停在窗前，我迫不及待想跟它交流，吹口哨，嘴里学咕噜咕噜叫，却把它吓跑了。没有相通的语言，不在一个频率，所以走不进它的世界。每次去运河东路边的停车场，那五条流浪狗就靠过来，特别是那条灰色的土狗，摇着尾巴兴颠颠跑到我跟前，盯着我，一定是饿坏了。小旺旺，可是我什么也没有准备啊。在这个院子里，它们是安全的，出了门老天也不能保证。

2020年的太阳从运河里出浴，惠山郁郁葱葱，运河里水波一圈圈荡漾开去，像是闪着光辉的杭州织锦。北方的泥土气息卷入荡漾的南方春风里，晒过太阳的被子会给夜晚带来好梦。气温最低6摄氏度，最高20摄氏度。总有人偷偷暗恋你，其实自恋得要命。

漫步运河边，水鸟在河面低旋，它的美餐在混沌的河流里游着，“你来抓我呀”。来来往往的货船承载运河的宿命，站在岸边看风景的人，北上的货船如同他不能回头的人生。掌舵的人无心看风景，运河里游来游去好多鱼，要是运河里出现海豚，也有大白鲨……水里的物种比陆地物种蜕变慢半拍，着急也没有用，我的肺似乎也在往双栖进化的路上。

太阳落下的方向，惠山生长着，郁郁葱葱，层峦叠嶂。二茅峰的电视塔成为一个风景点。惠山像一条龙，锡山像龙头，那么龙光塔就是龙的角了。缆车像是一串串五颜六色的玛瑙吊坠别在惠山胸口。也像熟透的果实，等着上山者采摘。山脚下每日清晨的咿咿呀呀和抑扬顿挫的舞曲已然复旧。听舞曲要看山头刮什么风，西风只会把音乐传到另一面，只有东风才能过运河，钻入我耳膜。眼下这阵风一点也不正经，有点坏坏的人来疯。生活慢慢回到原来的状态。穿越运河东路人行道，都要等好长时间，车流根本停不下来。

运河东路岸边的绿化长廊每天有晨跑者，脸都混熟了，只是从没上前打过招呼，迎面靠近的时候自觉往边上让。养了四条哈巴狗的老大爷，坐在长椅上拉起二胡，我叫不出曲名，刚烈的撕扯，一场短兵相接的战斗。他身旁摆着一个外壳脏兮兮掉了漆的播放器，两种音律相互咬啮。他主导着，缓一些，音响抢先一些。我对音乐一窍不通，但是从路过到走远，旋律冲进我耳朵，在我身体猛烈撞击，我按捺不住。车篮和车架上的四条狗狗，颇有些心不在焉。一脸嫌弃，不听也不看主人，远处有老妪牵着一条吉娃娃，八只眼睛注视同一个方向。路过的时候，它们高高在上，不给一丝回应。

运河里的槽罐船，拉各种建筑材料，常见的有黄沙、红砖、成卷的钢丝。城市的建筑物积木一样搭建起来，船一靠岸，蚂蚁搬家般把高楼竖起来，我的脑海里是这样一幅动态图。而那些废铁、废弃物又仿佛让我看见建筑物被拆卸、推倒，夷为平地。载满黄沙的货船，男人立在沙堆里浇水，是怕被风吹走，运河里的水有灵气，带给船主财富和运气。来往的船舱里船娘不少，掌着舵，她可以边看手机，边握紧船舵，然后回神紧盯前方，真为她捏把汗。也有借道超船的主，眼看就要撞上了，然后在半米的距离巧妙避开。运河里经常能看到拖船，最多的后面拖着十几艘货船。拖船看上去块头也不大，可哪来的蛮力。这要是着火了，谁也挣脱不开，火烧赤壁的现代版可不能要。

昨晚睡梦里听见一声沉闷的巨响，我的心突突乱跳，一下子又没了动静。第二天一早去院子里，发现是路灯倒在花坛一侧。铁制的杆、蘑菇头，杆底被铁锈侵蚀，玻璃外罩着地的一面碎了。像是倒下的巨人，还好不是往墙外倾倒，院子里的一草一木都是卫士，充满灵性，它躺在土坳里，没有造成任何伤害。

运河的水往南还是往北流，熙来攘往的船舶知道答案。人生是一个反复追索的过程，它本身没有任何意义。意义来自我们内心的觉醒，给人生确立一个意义，抛弃徘徊在我们心门之外的所谓意义。那些未了的夙愿、未到顶的爬坡，给世界留下自己的攀登足迹。

院子里一只哀号的鸟，早上叫，上午叫，中午叫。不是欢快的亮嗓或招摇过市，更像是思念、倾诉，一声比一声凄厉。

我路过锡山大桥，一只蓝白相间的口罩降落伞一样摇曳着飘落成船，一路往南漂流。是风的热情，绝不是主人的随意，在惊涛骇浪里，这只船驶往它的诗和远方。

西落的夕阳年年岁岁和山川重复着告别，乌云像锡箔纸粘着天空，风从何处来？雨从天上来。

二

去五里湖边溜达一圈。西北风呼啦啦吹，湖面阵阵涟漪，野鸭一个猛子扎进水里，逃出我的视线范围。岸边水藻里翻出浪头，“扑通”“扑通”，鱼儿在水面跳跃。湖边的木椅，铁框已生锈，木头历经风雨，漆面剥落，干巴巴的沧桑感。来来往往的人戴着口罩，春天的气息隔着一层熔喷布。

高子水居铁将军一把。我在五里湖边摘下口罩，用力吸气、吐气，大脑缺氧的感觉袭来。每天傍晚在小区唱歌的中年男子被住户投诉多次，如今他在五里湖边放歌。那些旋律富有年代感，我很生疏。与他擦身而过，歌声在我头顶绕了几圈又被他的背影牵走。唱歌自然就不用戴口罩了，他的声音从腹腔里甩出来。即使不想听，歌声还是鱼贯而入。总不能说他在污染空气吧，五里湖的鱼儿们着实受到了惊吓。

湖边酒店正在举办一场草坪婚礼。盛夏的热情点燃人群的激情，在湖风的吹拂下完美融合。天地可鉴的爱情，在亲朋好友的祝福声里，一步一步走向柴米酱醋茶。连我这个路人都三步一回头，真是罗曼蒂克。

2002 年 5 月 1 日，我人生大喜的日子，在老家溪西的一个小酒店里摆了八桌。我西装笔挺手捧鲜花，她身披白色婚纱深情款款向我走来，从此我和你，变成了“我们”。回上海后又在浦东三林塘耀华酒店宴请三桌。我们租住在公司附近的平房，没有装空调，房间里摆一张四尺的床，房门打开就是一片稻田。结婚的时候她已经怀有三个月的身孕，分分合合之后，我们还是选择在一起。我忘不了当初分手的那个晚上，浑身颤抖，没有一点力气，溪西火车站的夜空没有一颗星星，别的女人治愈不了我的伤。即使出现了，只会弄得狼狈不堪。年轻的时候对一些女子有过好感，心里有些自卑，又没有经验。和妻子的应该是最初撞击心灵的触碰，婺江大堤的初吻，那三个相互取暖的夜晚，我们都没有更近一步，两年后相拥而泣。人总要往前看的，时间会抚平一切的不遂人愿。

“春风又绿江南岸。”怀疑古时已有蓝藻这种生物，一幅天然的泼墨山水画，而且鲜活、灵动，也是最早的电影启蒙吧。有人调侃，能闻到蓝藻的小区单价都在两万以上，可是我有鼻炎，嗅觉早已不灵敏。

临湖而居的南小区像是一片孤岛，有一段一米多长的水坝，那条网红木栈道，被五里湖吞没了。湖面漂浮着水藻，很是茂盛。一打听被淹已经有一个多月了。天气渐渐炎热，沙袋重重叠叠，筑成一个堤坝，可见当时水位告急，湖水漫入小区，美景演变为灾情。北小区地势高，居民枕湖而眠。湖水拍打暗礁，柳树依依，理想的安身立命之地。

把情感收藏起来

一

日记里有客观，也有不合时宜的窃以为。内心抵触这种直白，含蓄才是美德啊。能提炼出什么，有没有值得玩味的东西，抑或味同嚼蜡，那么过去和现在所坚持的徒劳无功，它们已然决裂。这是我喜欢的一条路，却不是谋生最好最有力的路，它会让日子更加艰难。

天赋是写出来的，不停地写，像一棵树一样默默生长。砌好一堵墙，我根本无法逾越。又有些自卑，我是写不出对高楼的赞美。绿色的马豢养在墙上的画里，梦里随便什么时候牵它出去遛几圈。有钱有势也不能为所欲为。

任何文字都有自己的含意。人们在精神上的需求，从来没有停止过。作家没有作品，和业务员没有业绩一样，背后都要被人戳脊梁骨，那点清醒令我惴惴不安。离开这个环境，可多出大把的时间，状况会不会好一些。那些滔滔不绝的文思还会不会从天而降，给我铺一条通往鲜花盛开的城堡，哪怕一路荆棘丛生。终点也许通往某个沙漠，不能挖掘出一口井。

记者，这也是我曾经向往的职业。高中在校广播站当记者，写稿、投稿，文字变成流动的声音。也函授过河北石家庄某学院，路途太远，没有参加1996年那届夏令营，最后还发了个蓝本本给我。有一本文集寄给某个老师，最后杳无音信。也许就是一个骗局，但是浇灌了我的文学梦。一路扔一路捡，骨子里不死。我天生底子不好，和文字有无法斩断的孽缘。这条路我自己选择的，但是没有练就入木三分的本领。大多是单恋，爱了、痛了，苦恋半生，它对我依然冷若冰霜。

我对文字爱几分，它就伤我几分。我常给自己的懒惰找理由，埋怨生活乱了文字的阵脚。抽茧剥丝，容不得半点冒犯。在一个地方工作生活，会留下蛛丝马迹。我以为的，并不正确，反射过来折磨自己，积郁成疾。我遗传了父亲，我们都不是那种轻易释怀的人。人生不如意十之八九，再正常不过了。每次早上刷牙，洗脸池一片通红。我不知道身体哪个地方出状况了，其实是牙龈炎。我的呼吸只剩一半有用功，另一半污染空气，也让我疏离人群，更没接吻的自信。

情话应该是甜的。我现在那么喜欢吃甜，冷不丁菜里要加几勺，甜让人放松，也让人心情愉悦。长此以往，体重有飙升的可能，唯恐糖尿病也要找上门来。未来充满期待，可是此刻把它渲染得很糟。所以，我的人生啊，小石头扔在我身旁，溅起的水花弄湿我的裤管，这可是冬天啊，夏天才欢迎清凉。抑郁里藏着一本无字之书，它们成群结队包围我的情感。

每当我拿起手机，用拼音打出一个个汉字，它们“像狗一样”东游西荡。有时会把自己吓到，很多地方我没有去过，我也没有读过他们的作品。在某个深夜，我就那样躺在床上，熄了灯，眼睛睁着。我的耳朵听到遥远地方传来的声音，脑壳里某个很深的地方对它加以回应。过去的自我回来了，比如今年轻三十岁。我成长起来的那个年代，为我留了一道门，它引领我去另一个海一样辽阔的世界。我和过去隔着一道玻璃门。少年时期曾和自己对话，站在镜子前刻下身高，我对算术、地球仪提不起丝毫兴趣。结伴而来的还有永无止境的少年忧虑，以及对自由翱翔的无边羡慕。

人到中年，上有老下有小，承受山峦般沉重压力。生而为人，绝无退缩二字。惊喜来自孩子们，整天围着他们转。向往更优渥的生活，能写出一些闪动的有灵气的文字，而不仅仅是触景生情的衍生物。有些冒险不能尝试，思想偶尔荒唐，内心敬畏长存，以前的那些对抗原来只是虚张声势，他们说你总像个孩子。

即使片刻拥有，失去的将会排着队来索取，直至掏空为止。现在是一个比较好的状态。过着有规律的生活，照顾好自己的梦想。曾经可以长篇大论，现在那个敏感的小我似乎也变得沉默，有些事都不想让自己记住。身体衰老带来的症结，只是偷偷摸摸在施法。站在一个更高的位置仰望，才会激起更多的奋发有为。那是一个崭新的世界。

二

对烟酒，我一点兴趣也没有，所以人生会冷清许多。两情相悦已力不从心，识尽人间愁滋味，也只有找文字这个老伴了。

气温低，阳光倒也热烈，就是风有些不友好。车厢外面天寒地冻，车厢内温暖如春，每个人都可以创造出一个属于自己的春天。

一条太湖里游的花鲢，吃几天了，头是头，躯干是躯干。鱼冻很下饭，它不像猪油豁达，猪油基本上常年都会凝固。吃鱼冻最好的时节当然是冬季。

清晨，远处建筑楼群之间悬着白色飘带，氤氲之气。再高一点，反而空荡荡。枯黄的草地凝结着霜冻，这一层素裹昭告天下，最冷的时节到了。不听话的孩子，会得感冒，消炎药治喉咙疼，蒲地蓝医扁桃体发炎。

从沙漠到润土要不停地奔跑。疯了，像刚出生的婴儿，钻入怀里，掐进肉里。被窝有 40 摄氏度，一米之外零下 4 摄氏度，爱可以煽风点火，也可以凿木取火。

可以说，无休止的喃喃自语在我的生命河流中占据了大部分河段，几乎没有停过。一年多前用筛子筛出一本集子，像一块小石头扔进汪洋大海。那么接下来呢？离开键盘，还能不能写下去。敏感度依然在，触动我的事情也是接二连三。可呈现出的文字，自己一点儿也不满意，当我沉寂许久后想要继续点亮夜空的流萤。我有了渴求和贪念，要用文字为自己贴上标签，获得更多的无用寒暄。它们盖过了原始的写作冲动，只是因为喜欢，然后习惯成自然。

不写浑身不自在，一天不写相当于少吃了一顿饭。拥有作家头衔之后，这种自觉近乎苛刻，它给我带来快感和写作动力。我的骨子里有那么点不正经。发发牢骚，臆想夜晚的堕落，感叹青春的岁月枯荣。生命总是延绵不衰，我想每天都能站在阳台上，看日月星辰。大剧院、五里湖、蠡湖大桥、摩天轮、远山和浮云，这些都是对我生命的某种提示。

我这一生写不出伟大的作品，虽然不甘心，也没停过笔头。人的自然生命终归有刻度的，不朽毕竟是少数。给梦想灌了许多蜜，陪梦想睡了很多懒觉，它开始虚胖起来，一身的肿，根本不能挨现实的打击。

对写作的执着付出，它也开出了空头支票，所以贼心不死。要像堂吉诃德一样战斗下去，即使写不出传世之作，也可以为下一部作品增加些恬不知耻。做一个不退场的写作者。最终要笑着迎接人生的终结，装腔作势也好，自以为是也罢，这条河还要流向远方。

“这些东西，就好像扔掉了青春一样。”“放在那里，其实也不算碍眼，相当于给回忆留了一个地方。”

“爱人也许会离散，记忆可能会遗忘，但是那份爱，像冬夜里的一束火光，长久地包裹着灵魂的温暖，即使再久远，想起来都如满夜的星光那般令人眷恋。”

12 月份的富士山没有一点儿积雪，意味着地震就要来了。

2020 年人际交往重塑，新书发布会也采用线上直播。现实情况，现在出书的人多，读者不够用。

师说（上）

一

汪政开场白说每次来无锡都很开心。他从茅盾文学奖说起，江苏“三连冠”咫尺之间，失之交臂，略有遗憾。他有过20年的从教经历，桃李满天下。昨晚和他的学生们唠家常，说了很多套话。他突然对套话有了感情，话成为“套”有其道理。描写春天，“桃红柳绿，莺歌燕舞”也是套话。它把描写春天的长篇大论一下子打发了。而且记得住，又准确。“与时代同步；文学反映现实；以人民为中心；艺术要创新。”这也是套话。汪主席反问，我们有没有认真琢磨，把它们具体化，并落到实处。还是耳旁风，一阵风吹掉了，轻易划过去。大部分读者、作者把套话当成套话，不去琢磨，从来没有往心里去。

那么，现实是什么?

汪政话锋一转，聊起网络文学。他谦虚表示自己对网络文学一窍不通。无锡是网络文学发源地之一，也是网络批评文学发源地之一。无锡举办过两次网络文学研讨会，都很成功。成功的标志是大家“吵”得一塌糊涂。传统文学还真不是网络文学的对手。“机敏，细腻，贴心”是网络文学的三大特点。它在乎受众，传统文学虽然也在乎，但不及网络文学深沉。传统作者以读者不看自己作品为荣。网络文学身姿放得很低。读者才是上帝，点击付费阅读，受众才是衣食父母。写作是自我表达的艺术。网络文学想的是无数千千万万的现实是什么？你们的现实是什么？网络文学与传统文学天然分拨。

网络文学关心的是一般人卸下面具后所关心的现实。普通人的感情、职场、邻里、家庭，遇到的困难，如何将它们一一克服。网络作家写的是大众眼中的现实，不崇高，没有概念输出，但却是大众一大早催着醒来，晚上又难以入眠的事情。

汪政以作家陈彦创作《主角》为例，诗歌和小说相融度小，戏剧和小说是兄弟俩。作家或艺术家对现实认识程度，表现是不是心狠手辣的地步，取决于其对日常生活细节，现实种种大事件的精准把握。

汪政话到浓时，金句频出。“写什么比怎么写重要。”作家学会琢磨现实，读同辈作家的作品，究其如何表达现实，找到毛病和那些被现实遗忘的东西。现实是具体的，阅读文学作品，对现实的认识偏窄。汪政坦言，各个省作家作品极易同化。以安徽省为例，大别山、刘邓、徽商文化、小岗村、科技创新，五大题材为主。淮安以运河、新四军、淮商等题材为主。如何摆脱路径依赖，从“挤大堆”挣扎出来写自己的东西？困难在哪里？习惯于别人已经表现过的，才知道这个题材可以这样写，我也试试，这是一个死循环。汪政又以毕飞宇创作《推拿》过程为例，阐述写作者深入生活的重要性。好的作品，不是普通人能驾驭的，抢到别人没有抢到的题材，要摆脱对路径的依赖，摆脱创作重复心理，有征服题材的勇气。写作要和生活同步。不把自己的写作和生活同步，写作题材就有枯竭的威胁。汪政紧接着又为大家剖析范小青的创作经历。她是挑战自我，开拓自己题材领域的优秀作家典范。作家保持对生活的无比热情，因为生活不断发展，超过人的想象力，只有和生活同步，才能抓住最新鲜的现实题材。范小青曾经以城市、农村、苏州小巷生活为主要题材，90 年代后忽然出现新鲜的东西。她一定是发现了新大陆。（我个人体会）

情到浓时，汪政对现场作家们提出殷殷期望。千万不要抱着老题材不放，只写那些自己熟透了的题材。把当年的乡土题材先放一放，农村农业农民在现代化道路上已经有很大改变，他们大踏步向前，出现了新的面貌和表情。以江苏南通（汪政家乡）、无锡、徐州为例，它们是全省工业文明起步较早的城市。汪政把脉，工业文明表现很少，现代化滋养表现不多，工业特色现象着墨少。古老的农业文明被近现代信息文明取代，但是引起反响的作品很少。作品的气质就是时代气息的表现。

至此，汪政一直在强调现实题材的重要性，写什么比怎么写重要。艺术表达要创新，习惯于自己的写作方式，不改则废。要双打破，即现实题材的习惯路径，艺术表达的习惯路径，通通要不得。“时代的电脑刷不出艺术的老脸”。

汪政对无锡作家确实厚爱有加。他把“真传绝学”倾囊而出。提出了令人耳目一新的创作秘籍。“超限写作，极限写作，置之死地而后生写作，自杀式写作。”闻所未闻。不积跬步无以至千里，人的生命是有限的，在有限的生命里来一次大爆发。做死，做绝，做到天下就这一个。四大名著如此，金宇澄的《繁花》也是。李洱的《应物兄》从青年写到中年，历时 13 年，无人能及。词我们写不过宋代人，律诗我们写不过唐代人，屈原把《楚辞》做绝了。新诗尚未做绝，诗人仍有活路，汪政幽了一默。博古通今，我们要有这样的创作态度，对自己负责，对历史负责，对社会负责。

汪政说了两个小时的“套话”，口若悬河，滴水未进，可亲可敬。他感谢无锡文联、无锡作协对他的盛邀，并且祝福无锡文联欣欣向荣，祝在座的、没到场的同道创作丰厚，在文学艺术道路上勇攀高峰。

现场响起雷鸣般掌声。

二

“人与地方的关系，在乡式写作何处去？”这是黑陶给胡弦、汪政两位大咖出的“命题作文”。我热衷做一个虔诚的听众，记录以下要义。

到场的有无锡第一代到第三、第四代作家。大家冒着高温酷暑，欢聚一堂。上半场听讲，下半场交流。因为文学聚在一起，作家们思想激情碰撞，展示了无锡文学界无与伦比的活力。

胡弦从“作家走出地方”说起。创作层面讲，小地方作家也能写出让天下人看的作品。从风土人情、文化传承、文脉影响上讲，文学市场有所期待，也有需求。

无锡是江南文化的代表中心，文化地标有话语权，它是另类的存在。从印象派到深度印象到超现实。一个地方成就一个作家。每个作家的记忆又不同，个人创作要不断向前进化。过去闭塞，对信息流通期望更多。如今一机网罗天下，天下无所不知。江南到底是什么？江南在不在？江南消失了吗？人口迁移，各自带着不同记忆，成为新江南人，如何破解地域性写作的雷同性？与当地作家一起淹没，网络、报纸、微信平台，造成趋同。文学又有不自觉性，与众不同才有生命力。区分度才是立足之本。渴望被认同，对平台的需要超过地域，这一点要警惕。现在挑不出一个好作家。任何作家要放到大背景下，看是否优秀？地方作家，当地的文化给你滋养；但要有写给天下人看的意识。它是把双刃剑。有积极的影响但同时也是一种束缚。文明愈丰厚，愈不能产生大作家。世界文学范围，大作家不在欧洲，而是在北欧、东欧那些天然的地方，文化碰撞区。地方文脉也有双面性，需要更大范围的陌生东西的碰撞。太娴熟的描写，让作者有自得感，往往让其昏昏欲睡。如何唤醒它？写得比它好？在生存的环境中，写出自己想要的东西。写作者有阶段性，会遭遇瓶颈，寻求变化，如何规划？出路又在哪里？这是一场艰难探索。世界追求美学理解。诗歌应该记住“哈代”这个诗人。小说家的诗也有阶段性，作家的创作活力应该保持到晚年。作家的经典作品往往写于青年时代。对自己创作有预感，这是一件欢喜的事情。

胡弦为汪政“垫场”，汪政打趣说胡弦是在“挖坑”。

汪政开场显得有些疲惫，进入主题立马是亢奋状态。他和胡弦时不时互侃一通。

汪政在《太湖》杂志有专栏，免不了要背讲义。地方式写作分为：离乡式写作；近代以鲁迅为代表，祥林嫂怎么死的？鲁镇杀死的，过年的祝福，地方、文化、传统，都是帮凶。近代以毕飞宇为代表，他到扬州上大学后不再讲兴化话。用语言的方式拉开与故乡的距离。空间上离开，心理上离开；返乡式写作：以汪曾祺为代表，20 世纪 80 年代后回到高邮，创作地不是张家口或北京。那个时候对故乡的理解不一样，重新发现故乡，发现重塑故乡的机会。在乡式写作，比较泛滥了；告老还乡是千百年的传统，回乡做公益事业，讲学、办学。“耕读传家”在民间一直被崇尚。

国民教育提高，人人都是写作者。以前的高考录取率只有百分之二点几，如今七八十。从内容上看，乡土写作体裁以小说散文为主。有知识化的博物馆式写作，山河湖海、农具等；二是怀旧式写作，也被称为乡愁式写作，过去、老牛、炊烟等；最后是亲情式写作，父母、同学、闺蜜等。

在乡式写作有许多不足之处，解决方案又是什么？

首先，在乡式写作，缺少深度和锐度。小地方的作家都往北上广跑。中国是个熟人社会，讲究人情关系；而西方社会是陌生人关系，强调规则和法理，独立性更强。熟人写作有一定的限制和束缚。人活一张脸，人家对你的评价变成交际成本，终归要往脸上贴金。不可能深度思考，没有批判性，也无法展开反思。作家都是“好好先生”，陌生的地方则不一样，茫茫人海中我最安全。“大隐隐于市，小隐隐于野。”这句话，值得反复推敲。陌生人方式写作对写作有益。

第二，知识性写作需要重新估价。笔记、游记具有知识性，那时资讯不发达。文学承担的责任就是传播知识，表达知识和创造知识。现在一机在手，百度就够了。“百度式写作”被人挖苦和讽刺。作家应该脱离乡土知识，通过想象力和创新飞升起来，具备虚构与想象的特质。

第三，如何对付乡愁和表达乡愁。像文物一样打上包浆，还是摆脱几千年以来的审美。胡弦的诗金属感和工业感很强，农业味很淡薄。工业革命对人类的贡献，个人财富几何数增长。贫困不是一件好事情，容易受创造畸形价值观人的骗。19世纪末，贫困被经济学家提出来。它是个社会问题。不合时宜的时代，不能碰。工具理性推动社会前进，价值理性赋予人民精神价值。

“热爱生活，扎根人民，书写时代。”

在熟人社会陌生化写作；知识时代，坚持创新和想象力；农业文明审美定势为当下生活复兴。

坚持期刊式写作，让专业读者检验；“大狗小狗都要叫一叫”。

很受启发，以此为据。

师说（下）

28 日晚上八点多，朋友圈文学大咖们转发了一则悲恸消息：“青年作家黄孝阳，因身体突发疾病，不幸于 12 月 27 日离世，年仅 46 岁。”他在我的通讯录里，2019 年 6 月份江苏文学院首届作家班在无锡开班，他抱恙给我们上课。眼睛眯成一条缝，厚重的镜片，浓重的江西口音，特别憨厚、爽快的一个人。班主任邵峰科把他从南京“请”来给我们上课。他讲量子力学，语速快，我足足记了 16 页。

黄老师以写作者的角度，讲现实小说，讲资本，讲他的量子力学与相对论。我的内心就像经历了一场核裂变，听得一惊一乍的。我着手整理，始终不得要领，无法穿出这颗文学上耀眼的“海洋之星”。我和他握过手，他说有想法可以给他邮箱留言，他会加以关注。在自由提问环节，他把气氛烘托到高潮，特别有意思的一个人。结束后，学生争着和他合影，添加微信。黄老师当天讲到很晚，他的量子力学引起大家浓厚的兴趣。用餐时间，邵老师拽住他入席，随意添了一副碗筷，扒完饭，急匆匆赶高铁回南京。

这是我和黄老师唯一的近距离接触。他经常在朋友圈发一些文坛动态，我一直留意他的关注点和新作动向。大年初一我给他发了祝福短信，他回我："祝黄先生新年好，鼠年多有平安喜悦。全家美满幸福。孝阳为您祈福。"他对基层写作者特别友好，而且竭尽所能以加持。他的微信朋友圈最后一条发布于 2020 年 12 月 26 日上午 10 点 36 分："如在云端之上，与天地精神往来。"他的微信签名："世界会变，而我始终如一。"他说人间值得，却悄悄走了，谁也没告诉。《人间值得》像是他留给世界的遗言，他去了更高的维度。网上陆续有纪念他的文章出现，表达对他突然逝去的哀伤、震惊和悲痛。他的朋友圈从此不会再有新的更新。他永远留在了2020。他的讲座我一点点理出来，终究是老师、学长，给过我们启发和温暖的人。

孝阳老师在江西小县城长大，那里距离省城八九个小时车程。文学是他生命里的朋友，和情感一样，它们曾在他心里涌动过。他认为发表作品很重要，尽管文学的功利化倾向越来越重。

什么是现实？时间是构成现实的维度。它包括历史现实，当下现实（现在进行时），未来的现实（传统叙事技巧，一个真正的未来预期资本）。以全能的视角，有能力介入到当下现实的作家并不多。

文明是一个在知识不断的地方建起周期意识，走向全球化。写作者不谈技法，合乎自己的路其实只有一条：反复写。量子力学概论，有某种必然性，更是大势所趋。在时间长河中毫无意义，社会结构引进现在，指向精神器官。手机、笔记本电脑，以为天经地义的东西不会出现在我们的生活里面。宏观世界的日常情节在牛顿力学之下，现代社会情感、人际关系越来越复杂。

古典家园已消失，一去不复返了。津津乐道的现实已消失，只剩怀想纪念。在座的，你我的唐诗宋词，不是老祖宗的，而是当代人的观念和修辞。想明白了，写作才会脱胎换骨。文学写完了？扯淡，这才是新开篇。最好的现实，最坏的现实，不知道答案的现实。人跟世界呈现什么，才能不愧天不愧地。努力了，就做一个水杯。文学是岛屿里的小岛。

每座山峰都有它的质地。云层上一张笑脸，人世还值得。不能这样活下去，这不是我想要的。人对自己的渴望，成为自己想要成为的人。

写作是人对自身的祝福。

我们都是现代性的孩子。“我曾经看到过浩瀚的人类精神河流，随时会蒸发……写感兴趣的事……不要一个浪头接一个浪头……跟你没关系……不要有愧疚之感……这功利薄情的社会……只想找到那个适合我的心情……哪怕是一个菜园…哪怕不够释怀。”

我想等我静下心来，好好整理这 16 页字的《黄氏文学宝典》。

摆渡者

一、想把所有的爱还给父亲

在无锡，清明节于我是挺遥远的日子。祖宗们埋在八百里外的乡土，最亲近的老父亲一别已有六年。活生生的一个人，孤零零的一座坟。异乡漂泊的游子，节假日省亲大多时候是一种奢望。特别是这个不平凡的2020年，我在心里默念："老父亲啊，今年清明恐怕又不能回去看您了。"

父亲单位内退后大部分时间在无锡，算算有15年光景。我们定居无锡后，他喜欢这个城市，也不愿和我们分开。

父亲在2000年来到无锡，最早落脚在长江北路飞马纺器对面的徐巷上。初来乍到，人生地不熟。但他对人以诚相待，终于在家居经营上打开了市场，而我完全是"守土"而已。父亲退居"二线"后，负责家里的"菜篮子"，天还没亮就去曹安市场买菜，十元钱蔬菜可以吃一周。每天接送孙子上下学，闲了去南禅寺捡漏。

父亲的乡土情结很重。在外这么多年，过年一定回老家。最早的时候，绿皮火车，一票难求。我凌晨三四点起床排队，还是大失所望，只得加价从黄牛那里买。2006 年我有了人生第一辆车，从此告别排队抢火车票。有了车也不是一帆风顺的，2008 年雪灾，高速封路，一家人提心吊胆，八百里开了一天一夜。就算千辛万苦，也不阻挡不了回家的路。2010 年我换了一辆自动挡车，选号的时候征询父亲的意见，我倾向于尾号 48。他说“净整些没用的，顺其自然就好！”我还是拿下了那个号牌。后来发现这其实是一种隐喻，并不是那么吉利。我真是有些懊悔。四年后，父亲确诊胃癌晚期，六个月后阴阳两隔。死神给了我们六个月的缓冲期，我们子女想把所有的爱还给父亲，可他已经受用不起。生命最后一刻他双目呆滞，噙满泪水，这一幕至今无法从我脑海中抹去。他留恋这个世间，他有太多的放不下，太多的不遂人愿。

2011 年时，我们瞒着父亲把户口从老家迁到无锡。但我没想到他如此抵触，三天三夜没理我，责怪我这么大的事没有和他商量。落叶归根，老了就要回到故乡。农村有田地，有祖居，有亲来亲往。女儿远嫁就不说了，想不到儿子也没听他的话。以往我犯过大大小小的错，他都站在我这一边，开导我，支持我。唯独这件事，他一直耿耿于怀。不提倒罢，一提起就长吁短叹，别人挖苦他白养了个儿子。叔叔、姑姑们到现在还数落我的决定，后悔无用，现在户口也迁不回去了。

父亲爱我们姐弟仨，甚至把我们人生的每一步都谋划好，一手操办，我们都没有抗议的机会。可我的骨子里，还有忤逆的基因。就像母亲不服父亲，但会在儿女们面前给他留足面子。背地里，他们接二连三地短兵相接，眼泪是母亲的武器，再硬的钢也会生锈屈服。父亲心狠地离开人世，也没人能再惹哭母亲，她的那股子执拗我们也体会不到。此后一家人生活在没有父亲的生活里。有时发现她辗转难眠，半夜梦中醒来，长叹一口气，我想她又记起父亲的好了吧，只是她再也不能在他面前任性撒娇。她的爱情已死，而亲情亦不够分。

父亲长眠在铁路边的村集体公墓，东面五十米，埋着他的父亲母亲。

而他的儿子——我，这次没能回去。我不敢想象，也不知道，将来哪块土地埋葬我？我能不能离父亲近一点？还是只能隔开八百里。太湖水也养育了我，老家只剩一栋房子。爷爷奶奶、父亲的遗照，挂在堂前，有生之年我不能不回去。直到我走不动了，老到哪也去不了了，才会真正理解父亲生气的缘由吧。那时我已没了悔改的机会。

我们姐弟三个安排好父亲的后事，我赶紧把尾号“48”的车子卖了。它给我一个暗示：我疏忽了对父亲身体的关心，癌症绝不是一朝一夕形成的。他就在我身边，像一只病猫，灯光下注视他黯淡无光的脸，我都没有往那方面想。再添新车，选号牌时跳出两个熟悉的数字——“46”，它们深深刺痛了我的心。父亲真真正正走了，我毅然决然地按下确认键。别人一看，咦，怎么会看上这个号牌，并不讨彩。他们哪里知道，它们对我有特殊含义，那是父亲的生辰。他忌讳给自己过生日，生前最后一个生日，相片里的他骨瘦如柴，叔叔、姑姑们围坐在八仙桌旁。大家心里都明白，兄妹们将来再也凑不齐了。长子莫如父，大哥，大哥，再也叫不应了。

清明将至，以此文纪念九泉之下的老父亲。

二、念亲恩

无锡是我的第二故乡。我的老家位于浙江省中西部一个叫兰溪的小县城，自古有“三江之汇，六水之腰，七省通衢”之美誉。母亲河兰江流淌千年，滋养着她六十万的子民。

兰溪的清明节，扫墓、踏青、打清明粿、吃清明粿，标准动作。活人有三节：过年、端午、中秋；故人有清明、七月半、冬至这三节。这个清明节我没有回去，老妈快递的清明粿千里迢迢运达无锡。泡沫箱里还装了两只特小凤，塞满黄皮瓜，快递费比泡沫箱里面所有加起来的东西都贵，但在母爱面前，根本微不足道。我可以想象：母亲一个人揉粉、炒馅、磕印、打粿、烧柴火，捧着泡沫箱到村菜场拐角的快递站，中间会停下来休息，她气喘吁吁的样子让我心疼。她会亲自把它打包好，寄给远在八百里外无锡城的儿子和孙子们。吃一口，尝到母亲的牵挂，吃一口，母亲就在身旁，家乡就在跟前。母亲在老家有宅基地，有农村医疗，有集体股份，有优待证，有失地农民养老金。我们户口迁往无锡后，放弃了所有，剩下母亲。农民变得有优越感，国家政策好，成功逆袭。打开包裹，迫不及待把清明粿放微波炉转一分钟，我一口气吃了两个，瞬间唇齿留香，心生甜蜜。清明节每年都有，清明粿也不会消失。母亲手工磕打的清明粿我不知道还余多少口福，还能吃多久？母亲在，她就是家里的宝，而我也是孩子一般被母亲惦记着宠着。尽管妻儿成群，我的爱心来不及瓜分。母亲的爱，于我是仅有的爱的收入。

清明节没有回家，龙凤难以呈祥。父亲去世以后，无论身处何方，清明节前夕母亲一定会早早回家。给父亲上好坟，再去一趟她的娘家。在家匆匆三两天，母亲再随大姐的专车去上海。上海到无锡，兰溪到无锡，母子间地理距离拉近了一半。

母亲在，我的人生尚有来处。

2020 年，电话里跟母亲说今年不回家过年，隔日就收到快马加鞭寄来的泡沫箱。双手捧着沉甸甸的箱子，它们穿越八百里风和月，母亲满满的爱和牵挂浸润我心间。一打开，家乡的气息扑面而来，都是“原生态”制造：糕饼（鸡子糕、双喜糕、麻酥糖、糖枣、芙蓉糕、冻米糖、水米糕），香肠（地道金华火腿），盐卤豆腐干，炸薯片，红印馒头，萝卜丝，金丝琥珀枣……

“我这里什么都买得到，什么也不缺。”“家乡味哪里也吃不到。”儿行千里母担忧。不管多大，在她眼里我始终是孩子。就地过年，一年难得吃到的家乡美味原本更加鞭长莫及。只有母亲最了解她的孩子，她亲自做的，亲手挑选的，才是世间最好的美味，“妈妈菜”永远牵引着游子的心。吃着母亲寄来的美食，身心无比惬意，感觉自己回到了八百里之外的家乡，而母亲就坐在我身旁。左手美食，右手亲情，吃着吃着就笑了，笑着笑着就哭了，口水与眼泪起飞。虽然与母亲身隔两地。

往年，回程的汽车后备厢装得满满的，密不透风；如今，家里的三门冰箱塞得满满的，一丝不漏。每一种满溢都是幸福。母亲恨不得把自己寄过来，如此这般才万事无忧。母亲那些盈满人间的爱意，治愈生活一切烦忧，此刻又是最好的年味。就算有着周密的减肥计划，也不免多吃上几口。如果家里那块自留地还在，种花种草种菜，养一大群鸡鸭鹅，简直无比欢乐。它们终将跨过千山万水，一路磕磕碰碰，变着法子飞到我的餐桌上。

只要有妈妈的爱，到哪都是过年。好好生活，努力工作，唯愿工作尽早结束，可以回乡共享亲情和美味。母亲笑靥如花，永远开在我心中。

碎碎集

一

尼康 D7000，买来有七八年的样子，大部分时间它躺在书柜里。我按动快门的刹那，心里觉得特别有仪式感。故乡的老房子、城市的街景、祖国的大好河山，我把它们一一请到镜头里。摄影除了个人直觉，还要眼手配合默契。

旅游的时候我把它挂在脖子上，我还背着它去文化馆跟朱卫德老师学摄影。有人调侃："摄影穷三代，单反毁一生。"我从小对图像和声音感兴趣。过去的胶片时代，胶片和冲洗费用占大头。到了单反时代，镜头是一笔不菲的开支。附件配制，外出采风拍摄，搭进去的时间和精力，爱好摄影的人都能体会。

摄影是一件痛并快乐着的事。追求摄影艺术需要走一个漫长的过程，唯有端正心态不断积累。在我看来，摄影好比上天赐予我们的另一双慧眼，我们用心看到的都会永久定格下来。这是多么美妙的一件事情！

二

下班回家途径贡湖大道红绿灯路口，我看到路前方一条小黄狗在斑马线上穿行，车流冲过来，它又退回去，往南，往北，它几次差点被车轮压到。司机有意识地打方向避让，救了它一命。它受到惊吓，夹着尾巴四处张望，看上去像是迷路了。

我六岁的时候家里养过一条灰色的土狗，取名“来福”。我吃肉，骨头扔给它，大多数时候家里给它喂剩菜拌白米饭。我去田野，它追着蝴蝶跑，比我还兴奋。乡下老鼠多，它抓来玩，并不吃。晚上老远有陌生人脚步临近，它怒吼不止，就像是家里的卫士。要是分开两三天不见，我前脚刚跨入家门，它就要冲上来往我身上爬，尾巴像是加了马达摇个不停。背起书包上学堂后，我有了自己的天地，渐渐冷落了它。养了两年多，来福在误食了中毒的死耗子后一命归西。我把它埋在了后山头，还给它立了块墓碑，上面刻着“来福之墓”四个字。我上高中的时候，父亲从朋友家抱回一只小奶狗给母亲养，取名“小乖”。离开母狗来到陌生环境，小乖一直汪汪汪地叫，给它骨头汤饭碰也不碰。我尝试抱它，触碰它的额头，不停抚摸脊背，它挺享受这种接触，渐渐对我放下戒备。养了几个月后，小乖竟跟人家跑了。这就是家里两次失败的养狗经历。

狗通人性，只忠诚于主人，养上一条，身边就像多了个好伙伴。到城市生活，环境所限，我渐渐断了这个念头。每当身边有主人牵着宠物狗走过，我总是不由得想起来福。

听到一些人与狗的温情故事。家宠得重病，主人带它去宠物医院，即使病入膏肓也要想尽一切办法延续它的生命。如果有一天养了多年的宠物狗离世，对主人而言悲伤和痛苦在所难免。失去它就像失去了一个重要的感情支撑，不亚于丧亲之痛。主人哀悼它，为它举行葬礼，用这种特别的方式纪念它的离去。

三

三十年前没有空调，没有冰箱，没有手机，没有电脑，我并不觉得夏天多么炎热多么漫长。父亲把啤酒、西瓜装入铁桶，绑一根麻绳将铁桶沉到井里，晚饭的时候把它提上来，汩汩透着冰凉。一把蒲扇过一个夏天，杂志中间的插图页，撕下来做成折扇，这是女孩子都会的小技能。乡下池塘边大樟树下，微风轻轻吹过脸庞，“扑通扑通”，孩子们像炮弹一样，接二连三跳入池塘中。乡下孩子不会游泳会被同伴笑话。现在的夏天，乡下没了这幅场景，孩子们有了新主张，房间空调吹出一个凉爽的季节。

《天下兰溪人》创刊号发布，“乡情，联谊，发展”，打好三张牌。它旨在讲述在外兰溪人的创业故事，召唤游子们无论走多远常念家乡，多多反哺桑梓。游子像是天上的风筝，《天下兰溪人》就是那根线。每个血脉里奔腾兰溪基因的人都逃脱不掉。反过来，那些过得不好的游子们，唯恐也无脸面对家乡父老。因而更加发愤图强，誓要干出一番雄伟大业，方可衣锦还乡，荣归故里。兰溪人敢拼敢闯，天生高贵的自尊心，浑身一股不服输的拗劲。《观濲采兰》板块“家乡记忆”子板块录用了我的一篇小文。

兰溪人陈薇在工作中做出了杰出贡献，被授予“人民英雄”国家荣誉称号。兰溪人民沸腾了，都以陈薇将军为傲，这份荣耀每个兰溪人都有份，我们是同一个原产地标签。陈将军能取得如此成就除了天赋以及她个人的勤奋钻研外，更离不开母校的悉心教导和国家的长期培养。

泽国江山入战图，
生民何计乐樵苏。
凭君莫话封侯事，
一将功成万骨枯。

一个人成就一座城。黄大仙、贯休、金履祥、李渔、郎静山、曹聚仁、赵绮霞（赵四小姐）、方增先……这一方水土灵气十足。

四

父亲六十九岁站在外滩的照片，挂在母亲卧室的墙上。他走了七年，打开窗户，不远处的菜园变成了一栋栋气派洋房，更远一点的地方竖着许多积木般的厂房。他经常钓鱼的池塘被330国道覆盖。出租车、公交车、救护车、消防车、闪着警灯的巡逻车、风，乌柏树、冶炼厂的大烟囱，在几十米外的平面上缓慢移动。父亲在那条路上走着，我看不见他，可能就在我的前方或者周围，他用我听不懂的语言和我交流。他的背影一闪而过，我其实故意躲着他。

我关上窗户，把敞开的房门也带上。轻轻地，我怕惊动父亲。我很小的时候，父亲把他的手放在我头顶，告诉我：男孩子，不许哭。我抬头望着他，脸上挂满泪水。

如果我曾经有一颗善良、执拗、傲慢的心，一定是父亲的缘故。他把我带到这个世界上，我所要做的就是忍耐，抱着朴实、勇敢的心，把这些词奉为自己的信仰。

生命像是挑战一系列连绵不绝的痛苦的过程，而节日又是一道道不得不跨过去的坎，比如清明、4月6日、中秋、冬至、除夕夜。

父亲离开后，母亲一下子老了许多。她说受不了那个男人天天盯着她，吃饭的时候，一个人去菜场的时候，躺在床上的时候，甚至和我们打电话的时候，他也要来偷听。她去客厅找他，那个男人在墙上冲着她笑。母亲总是抱怨无锡的小笼包太甜，上海话难懂，二姐家的楼层太高，说到底没有人可以像照顾父亲一样照顾她。

渐渐地，她不再提及父亲。我能感觉到，她的身体一点点被榨干吸尽，更让我害怕的是，她的眼神里多了一种迷离。我的心狠狠被针扎了一下，这种痛叫某一天会失去。

五

草地上一株低着头的蒲公英，轻佻的风在它身边掠过，它的心和冬日的湖面一样平静。2020年的春天走向新生，梅花、玉兰、樱花、桃花、荷花、油菜花，一茬接一茬。人们不愿意出门，他们的脸被五颜六色的布包裹着，好像春天就长在嘴上。

嘴不是用来亲吻的吗？孤单的时候才用来说话，饿了的时候变成搅拌机的入口。日长夜短，没有名字的眼泪一滴滴从眼角落下。闭上眼睛，我用手掌挤压眼球。一个个小黑点，带着金属质感的圆圈，分辨不出的色彩，人们没有给它取好名字。朝北的那间房总是风满楼，风带着西伯利亚狼的血统，在房客的身体里放肆，然后用吻夺走她身上的香。这气息和冬天接近。

倒春寒让身体不适应，那就关上窗户吧，日历告诉季节现在是春天。他们攀上峰顶，万众瞩目，成为世界的王。我每天要翻一座生活的高山，我并不愿被太多人看见。谁又能把狼狈藏得那么好，体面才是中年男子不可突破的底线。

放弃飞翔的蒲公英，如同折翼的天使，它在等待什么？请给它一个离开原地的理由。

回农村去吧，菜地里种菜，养鸡养鸭养鱼，养儿养女养老母亲。把你的梦想收集起来，快递回家。

跨过千山万水，历经千辛万苦，我终于明白还是城市更适合追逐，而故土只适合怀念。

六

朋友之间见面寒暄冷不丁冒出一句：“你摆摊了吗？”

听说万象城地摊经济红红火火，文化人把字画拿出来“献宝”，我想去看看。

摆地摊并没有想象中的美好。换作我，不顾形象，甩掉斯文，吆喝完全张不了口，定然无功而返。我去万象城夜市的那个晚上天气预报有雨，集市三三两两。“LOVE”广场旁的一个浅滩，聚集着一大群戏水的孩童，脚下水花四溅，脸上笑声连连，家长在一旁“盯梢”。背着吉他的流浪歌手唱了三遍《当你老了》，音响遮盖住他声线的不足。我突然老了，走不动了。路人纷纷鼓掌，扫描二维码打赏，唱得好就可以这样为所欲为。

流浪歌手用音乐点亮万象城的夜。台风在天边轻轻擦过乌云，风铃摇曳着，似是故人来。湖景餐厅，吃什么不要紧，此时此刻，和谁在一起，明月山水共作证。

突然雨丝密密麻麻，把人群浇散了。回家吧。

朋友圈这一阵开起“直升机”，这是哪门子的梗？将来的某一天，家家户户都有一个停机坪。漫天的“蜻蜓”，既壮观又恐怖。

沉寂177天之后，无锡影院的第一张电影票在网上售出，释放电影行业复苏的信号。人们为何对电影如此着迷？经常怀念电影院？我想因为它阐述了人生的另一种可能性，它延长了生命的深度和长度。热恋中男女的约会地点，咖啡店、西餐厅、书吧、电影院，排名不分先后。即使在单身年代，那些陌生的并无交集的观影人，在两个小时声音和图像的结合里，物理距离那么近，好过“天涯若比邻”，挺有意思的特殊社交时光。那些渐渐熟悉的演员，时间在他们脸上不留痕迹，倒是镜子里的自己一脸沟壑，华发丛生。曾经感动过自己的台词或精彩瞬间，往后都靠它们勾勒起所有与生活苦痛快乐相关联的回忆。

七

去席家点了一碗早面，九块钱，不带荤。来这家面馆总是会让我无限想起上海老朋友张裕——一名出色的职业经理人，我曾经的职场导师。无锡留下我们诸多拼搏的回忆，心有不甘的是最后的果实被局外人摘了去。

我在叙康路生活了十年，来来往往总能碰到熟人。小温师傅，上个世纪末从四川来无锡跑运输，前些年买了房买了车。如今苍老了几许，头顶越来越“亮”。他低着头帮东家上货，我递给他一瓶矿泉水，他冲我笑笑，一晃相识 18 年了。他说年初儿子定好婚宴酒席，本来要给我发请柬的，因故取消了。

叙丰家园安置房现在挂牌要一万一出头。旁边的金域缇香、保利中央公园小区已经两万多。叙丰家园属于回迁安居房，地铁 3 号线近在咫尺，长江北路的地段优势摆在那里。

一楼潮湿的房子里，白蚁趁我不在，入侵房间里的柜子、抽屉、床箱、被子，所有它觊觎的一切，就连地砖和墙缝它们也不放过。我的脑海里瞬间一片空白，和墙上的石灰一样。而那些纷乱的思绪好比躁动的白蚁，变成成群结队的文字，在某个清晨，退回到它们的巢穴。就像我，要离开这间房子一样。世界才是白蚁的天堂，而我只是其中的一只白蚁。

八

我的右脚大拇指开花了，露出肉色，看着很恐怖。伤口和空气接触，一种镂空感。穿上袜子，套上鞋子，伤口出现像撕扯一样的痛感。我去鞋城买鞋垫，商家导购都是摆摆手，摇摇头：“对不起，没有！”

鞋店里没有鞋垫卖，我真有些想不明白。

一双鞋好不好，在于它磨不磨脚，鞋帮的设计，鞋垫的耐受力。鞋子结实，结果脚破相了，都是极不愉快的体验。可见人生那些没有吃过的苦，漏掉的惩罚，都会换一种方式来到面前。

我读过两年师范，差一点也是可以过教师节的人。“三人行，必有我师。”从这个意义上，一生会遇见何其多的老师。师恩浩荡，有些老师失去了联系，有的我知道他在某个地方，但没有找他的勇气，障碍来自自卑。那些知遇之恩，提携之恩，点拨之恩，我都铭记在心。

生活像条奔流的小溪，有暗礁，有险滩，往左，往右，往前，就是无法后退。奔腾的时候觉得潺潺水声盖过内心的质疑声，站在一定高度思考问题，大脑缺氧会低估堕落的后果。

我又做梦了。梦里参加一个饭局，于我这种不抽烟不喝酒的人实在无趣。他们喝他们的，发他们的酒疯。酒桌上的话不能太当真。浙江人太精明，但是精不过江西人。浙江刮东风，无锡刮南风、北风，还有人来疯。酒桌上敬酒要有说辞："我凭什么干了？""这个小鬼有前途。"……曾经千人捧，万人迎，马屁拍到跟前来。如今，狐朋狗友，一桌空几个位置。人生像是一桌饭局，鸿门宴、百家宴，上半场、下半场，天下终究没有不散的筵席。

九

人生如开车。语言退化到沉默为空挡，自言自语系前进挡，企图争辩掩饰乃倒挡。我身体里还有热情的，"给油！"轰一脚油门。

摆脱久处的生活，又陷入另一种俗套。窗台上的仙人掌开花了，这里并不是西北的沙漠，同事提醒我它们叫芦荟。

美颜后的"青衣"命犯桃花。我的嘴角长满青春痘，可我的青春比额头还光。这朝北的窗户，清凉的风从哪里来？你以为你是风筝啊，我的线只有八百米。过不了运河，登不上惠山顶。

睡觉打呼噜自己听不见，有几次甚至出现呼吸暂停，尘世终究不放过我。天破晓了一点点，身体再匍匐一下。天终于开亮，夜逃生了。

下了楼，阴森森的冷气向我包抄过来。地球的两个极端，冰火两重天。在冬天，楼群南边最先沐浴到阳光的恩泽，北边像个冰窖。何况今天零下一度了。我从江北回江南，无私的太阳像个仁慈的富翁，不屑施舍一些阳光到我身上。这么冷的天，出门要把身体裹严实一些。那些习以为常不过是假设，未必就不瑟瑟发抖。这么偏僻的小区，我害怕一个人住。给瘦瘦的钱包一句安慰："慢慢来，一切都会好起来的。"

曹张路被推土机掀个底朝天，我从北往南走了一遍，发现美食街已破碎。包子铺排队的人群把唯一的通道堵死。我回到永乐街，点了碗小馄饨。我把浮在砂锅表面的青菜叶先吃掉。馄饨像是一堆洁白婚纱，一个个等着新娘子来穿。我没在碗里看到肉丁。猪肉价格确实回落了，老板以为我不知道。吃完馄饨身上有了热量，我又往寒冷里冲。四点不到，太阳沉入运河。太阳永远不担心谁会炒它鱿鱼，那真是吃了熊心豹子胆。

十

我平时并不吃辣，按等级微辣就是我味蕾所能接受的极限。晚上没有食欲，杠上辣味，点了份微辣的剁椒鱼头。这个冬天怎么来到身边的？我在朋友圈看到北方下雪的照片，天气预报某日要降某度，某人扛不住，感冒了。这些好像都跟季节沾边，冬天脱不开干系。昨天站立了一天，我的腰留在太湖大道，它到现在不肯回来。我只是驾驭马车的人，拯救银河系的那个人一定不是我。"你要是开飞机，那还不得睡一天，莫名其妙。"这就是阳春白雪和下里巴人的区别。一方高高在上，一方低微到尘埃里。他们口风紧，我那豁牙到现在没补上，所以漏风个没完。套路才深得人心，坚持自我有时看起来很好笑。

辣味浸润在半个鱼头里，薄膜纸密封着滴水不漏。从五里湖南面颠簸了一个小时才到五里湖北面。一大碗米饭下肚，鱼头吃到只剩骨头，闪着光的汤面上，飘着香槟色的碎椒，还有新鲜的葱叶。我的胃口依然不肯罢休，一勺饭，蘸一点汤，辣得合不拢嘴，舌头发麻，满头大汗。用冷开水清洗一下鱼骨再放到嘴里，索然无味。这层辣才是诱惑所在。

十一

某场馆院子门口两辆大巴车打着双跳等候在路边，车右侧前门开着。一阵青春靓丽的气息扑面而来，修身蓝色制服配百褶短裙，再搭配白色运动鞋和白色中筒袜的女演员们依次排队上车。

“她们这是去哪里？”院子里弓着腰双手搭在后背，头发花白的老先生问一旁穿制服的保安师傅。“社团文艺汇演，每周一次。”保安师傅回答他的时候，眼睛紧紧盯着大巴车方向。

“现在重视思想道德教育，时刻提醒年轻人不能忘了本。”保安师傅上海口音，与白发长者扯起了老空（无锡话，聊天的意思）。从“公摊面积”一说，扯到外表光鲜雄伟的一棵树，树根已挖空，骨子里全烂了。我只是路过，保安和白发老者的对话，风将一字一句送到我耳朵里，连叹词都很清晰。风明明知道有人在说谎，却不愿意揭穿。危害生态的蛀虫一定有，啄木鸟时刻警惕着，蓬勃的生命力不容玷污。

十二

“谁控制了过去，谁就控制了未来；谁控制了现在，谁就控制了过去。战争即和平，无知即奴役，无知即力量。他们不到觉悟的时候，就不会起来反对，他们不起来反对，就不会觉悟。历史在此时就像是一张白纸，被不断地擦干净并写上新内容……”全球销量 5000 万册，一定有它的道理。王小波受他影响，延续那种无厘头的路子。20 世纪 80 年代文学热，一群流氓打着“搞文学”的幌子，龌龊。现在的女孩子不吃这一套，这很让人放心，她们不会轻易上“文学流氓”的当，优秀。

十三

生活需要一些颜色。心里痒痒的，好奇心驱使着，倒也是乐趣所在。找一只大浴缸，躺在温水里蹬腿学游泳，一脸享受地清唱郑智化的《水手》。

那些爱情老电影，男女尝试从对方身上找到快乐，迫不及待想要共度一生，真是太有意思。泡澡摧毁一个人的意志，我的身体软绵绵不断收紧。

春天有佛豆、蚕豆，没有颤抖。未来一定险象环生，现在却一点也不担心。口袋里有粮，而这个袋子里漏洞也在。雨停停下下，箭一样密密麻麻，把大地射伤了，鲜血直流，我们已变成色盲。我的大拇指被鱼鳍狠狠扎了一下，就因为我要清蒸它。大拇指露出一口红眼，我用酒精擦拭，打破伤风未免有些小题大做。我生吃了两个番薯，无声的废气接二连三，自己都快晕掉。要赶紧远离火种。

读了刘大先《故乡即异邦》，从学者的角度认识故乡。一些有意思的观点摘记如下：甜蜜温馨的记忆阻止不了冷酷无情的离别；可能是真诚的，也可能打上时间，空间的滤镜……一般人随遇而安，将家乡作为存放怀旧情绪的场所……家乡成为故乡，家乡已经与他隔离，联系变得稀薄，隐退为一个审美的对象。桑梓之地，成为一世守望。衣锦荣归，行商的漂泊，尚未形成家乡与故乡的隔离，故乡大规模地被抛掷在身后……

十四

我在文联听完姜昆老师以“你离人民有多近，人民跟你有多亲”为题的演讲，看到了一个不一样的姜昆。姜昆老师说：“背景、门路、后台、圈子，对艺术家一钱不值。艺术家应该靠本事，除了本事，还要靠人民，靠人品。”他的一席话获得全场热烈掌声。在老一代人心里，“困难”两个字根本不存在。他们凭着那股子韧劲，接受时代的锻打，在苦难中形成自己的人生观，成为社会的脊梁。

一个写作者没有作品，像是枯萎的花朵，没有生命力，也不值得期待。我有深深的忧虑和自责，我像是寒夜独行的草莽，四周空无一人，唏嘘声从身后呼啸而来，要不要坚持下去？

把自己关在一个房子里，与外界隔绝。生活没有想象中的纯粹，那些魑魅魍魉披着正义的面具，蓝色的天空之外是傲慢的宇宙啊。你存在的意义，地板、菜板、刀板，轮番来。整个人潜伏在水里，水性又不好，认真了会呛水。偶尔探出头，吸一口新鲜空气，次氯酸的味道不请自来。外面光鲜亮丽，内心忧郁的，颓废的，统统飞不出去。你再倔强，连说话的口吻都可以改造掉。如果你想飞，包袱谁来背？乐于现状，恭喜你，抬头就是自由的天空，你的翅膀对你而言，毫无用处。

十五

王安忆谈文学创作的一些经验覆盖了我的认知。作家有一种独一无二的人文气质，小说的心理世界和我们的现实世界不同。心理经验很重要，作家的智慧和才能在一般人之上。而感情太接近作者的本体，会误建樊笼。作家是一群不顺应社会的人。与人群不能协调是艺术家痛苦的根源。艺术创造者都是具有一种特别情感能力的人。她觉得作家应该有更强的敏锐度："他是一个有痛感的人，一触即发；同时有力量，将情感推到极致，推向高潮。"纯洁的力量难能可贵，作家的"忘我"也有肤浅和深刻之分。她以小说家的身份推荐三篇散文：史铁生的《我与地坛》，张承志的《走近大西北之前》，张炜的《融入野地》。好的艺术创作者靠理性检验质量，有极强的心理承受能力，并且具有非凡的想象力。

傅雷的儿子傅聪因病住院两周，28日在英国逝世，享年86岁。傅雷告诉傅聪："第一，做人。第二，做艺术家。第三，做音乐家。第四，做钢琴家。”傅聪全做到了，然后，他走了……我读过《傅雷家书》，家里书架上的《约翰·克里斯托夫》不是他翻译的，我一直耿耿于怀。

爱情不纯粹，文学转身偷偷离去。梦里可以畅所欲言，因为没有听众。

昨夜在梦里体温测出来41摄氏度，我被拉走了。

某少年从商城五楼跳下去，没有抢救过来。这样的新闻特别让人心痛。这个世界上没有完美的爱。亲爱的，你知道吗？这个世界上一定有人爱着你！亲爱的，请不要绝望！

我体内有一种叫偏执的特质，告诫自己要放低飞翔的姿态，我不属于天空，我应该是草原上奔跑的野马。

十六

无锡百草园书店成立于1997年6月，始终秉持“传播文化，推广阅读，以书会友”的经营理念。读者在百草园书店淘书是一件十分有趣的事。

我和店主刘石峰有过几面之缘。他子承父业，百草园在他手上经营得有声有色。作协一些活动也落地那里，诸如新书发布会、文化讲座、读书会等。“百草园书店”微信公众号粉丝超过五百万，经常有十万加的爆文。很多写作者以作品上榜百草园公众号为荣。

对刘石峰而言，开实体书店既是一份热爱的事业，也要当好文化产业布道者的角色。读者在百草园启蒙心智，遇见更好的文学，同时搭建一座作家和读者直面沟通的桥梁。说百草园是无锡人文艺术风向标一点也不为过。

年中的时候刘石峰电话联系我，说他近期想搞几期嘉宾访谈视频，聊聊当下，聊聊文学和创作。我表达了自己的想法，不习惯面对镜头，心虚，撑不了场面，也怕“误人子弟”。他表示理解。他的父亲接受新鲜事物很快很自然，他和我一样，有那么点小小的抵触和不适应。但社会潮流和趋势是无法阻挡的，这点我们都承认。他建议我一个人可以尝试用手机录短视频，培养镜头感，也可以把一些好的想法保存下来，将来剪辑成有意思的自拍作品。这一点我确实没想过，我坚持文字记录生活，培养语感，同时留下生活海滩中的一些贝壳，将来成为素材，加以提炼后独立成篇。

我会坚持写下去，当下有许多不得不说的故事。人生很精彩，要留一些“贝壳”在这个世界上。我觉得自己像是一个笨拙的酿酒师，现在每天的记录就是酿酒的材料，红曲、泉水、糯米。我不确定将来它是醇香的，还是苦涩的，即使成了酸醋，也可以用来炒菜。贴近自己生命有感而发，想写就写，它是累积的过程。

对刘石峰有莫名的好感，我们身上有相近的磁场，也想走近他的百草园，获得动能，彼此启发，擦出思想的火花。

百草园的书香气是人间最美的烟火气！最抚读者心！期待在百草园书屋与你相遇。

十七

老K是我多年的密友，经营着一家古玩店。他对文学颇有造诣，总是正当其时地滋养我的文学梦。

“剧情仍然是以前的构成，但是会有新意挖掘出来。所以，重拍要突破设定界线。”老K猛吸了一口烟，用发黄的手指弹了一下烟灰缸，浅析他对影视剧重拍的灼见。接着他话题一转：“天赋在热爱里产生，你热爱写作很好，想要写留得住的文字，你要不停操练。”

老K说起初写者经常会踩到的“雷区”：没有逻辑性，情节突兀，缺乏基本文学常识。该展开的地方没展开，不该展开的地方啰唆一大堆。谁说的；谁做的，指代性不强。读者读起来一头雾水。

写好（文学作品）要花很多心思和时间。开始的时候可以模仿自己喜欢的名家，慢慢地将模仿对象的技法打碎，自己再搅拌融合，形成“为我所用”的文字风格。初写者写小说困难而且累，作者写不到深入的东西，触碰不到深奥的东西就没法提高。

“网络文学与传统文学呈现剑拔弩张之势，你怎么看？”我问老 K。

“网络文学和传统文学倒也不是水火不容，各自精彩吧。网络上的作品十个人九个人一模一样，大家都在编故事。国内有点像早期的《故事会》、连环画。国外则是从漫画里走出来，讲的故事都能在现实中找到出处，相当严谨。”老 K 经常往国外跑，他惊叹国外几百年的建筑在当地得到极大传承和保护，历史风貌至今清晰可见。

“相对于小说，散文则要自由得多，它不是要讲好一个故事，而是直接向读者进行情感上的传达。散文作者经过写小说的锤炼，语感会加强，文字也会更精炼。小说不能停留在表面，要深挖，安排情节，一层层剥开。一首诗一千字，小说要用一万字表达，散文更洒脱飘逸，贵在提炼。写作者出手高，文字自然高级，有超强穿透力。”原来散文和小说中间一直有一条鸿沟。

我对老 K 可以用崇拜两个字来形容，他也从不嫌弃我这个后知后觉不敲不响的木鱼。

十八

孩子的教育问题一直困扰着家长。2019 年初，我有幸聆听浙大董平教授在梁溪大讲堂的讲座，愿景非常美好。本文为现场笔记。

每一个孩子天性喜欢玩耍，绑在那里要求他读书。这样做适得其反，孩子容易产生“畏读”心理。好比一棵树，要它长得高大，又把它绑起来，那是不可能的。好的办学理念应该是“寓教于乐”。让孩子宣泄郁闷，多余精力发泄出来，通体舒畅了，整个人就会安静下来，然后投入到学习中去。培土、浇水、灌溉，这样才顺理成章。教育孩子就一个主旨，就是随性，由其充分地成长。

人生来就是一张白纸，拍脑袋拍进去违背天理。一个生命从最初开始，天生有东西带来。见到什么就会问什么？直到他心智打开，眼睛接触到一切，形成概念。宝宝在会说话的时候，喜欢问“这是什么？”他一旦记住就不问了。开始时宝宝概念里没有“我”这个第一人称，他把自己称作“宝宝”，“宝宝饿了”，“宝宝饱了”。过一段时间，突然会说“我”，他的自我意识出现了；但让他说“我错了”很难，伤自尊和难为情的事他不做。到这个阶段，是教育和引导孩子最重要的时刻，在三岁左右。放任自流，他会用自己的方式了解这个世界。这些意识天生就有，不是后天拍进去的。扶植孩子自尊心及庄严感，更有利于孩子成长。别让孩子输在起跑线上，起跑线其实在父母这里，家庭教育才是关键。大人容易忽略孩子的志向、理想。世界上最动人的情景就是成年人和孩子小脑袋凑在一起读书。

“我为什么读书？为什么越读越虚幻？”

“我为自己读书。”

子曰：古之学者为己，今之学者为人。不是为私心私利读书，而是为了身心健全、独立人格而读书。教诲孩子要有是非观念。家庭和学校不可替代。一个人是非观念淡薄，那是没有前景的。人前说一种话，人后做一种事，会人格分裂。培养健全的完整的统一的人格，读书的意义就在于此。重视综合能力（学习能力、知识储备、运用能力）的培养，以人格健全为基础，此即现代素质教育。

十九

无锡市总工会和市文联携手举办的职工文艺培训班 4 月 9 日正式开课。面对瓶颈和困惑，我重回课堂，希望在“文学创作”上得到帮助。

写作要透过真实素材看本质。文学形式、叙述方法，是一张纸的两面。处理题材要抓住思想层面本质的东西。文学本质是什么？人物事件发展变化的过程。人物行动不重要，重要的是透过表面现象。

我为什么写作？为了表达内心情感。文学反映变化纷杂的时代。作家要在琐碎的生活里，找到不一样的东西，摒弃没有价值的素材。

真实是恒定的主题。True，真实是什么？眼见不一定是真的。写作面对写作对象，主观加客观，总体上真实性就会大打折扣。复杂的情感，未曾被触摸过的潜意识一直是经典作品创作方向。现代派在潜意识上大做文章。

中国传统写作以时间为线索，讲究大团圆，首尾相接，可以从头写起，也可以从尾写起。西方的传统则是从中间写起，或者到达三分之二开始写。回顾前面，同时后面未发生、未来不可预见的两者兼顾。后现代打破上述传统，写作者在空间上以社会为主，在结构上以社会关系为主。

这是我在江大张春梅教授《中西方阅读研究理解》课堂上做的个人笔记。接下来两堂课由郝延斌老师主讲，关于《剧本和写作》。

剧本写作和文学写作不大一样。前者刚开始人物就知道去哪里？命运是什么？而后者人物有自己的命运、灵魂，逃避作家控制。剧本写作原理，用巧合启动故事，但不能以巧合结束故事。“玫瑰有一千种名字，香味始终一样。”“英雄只有一个，只不过长了一千张脸。”

电影往往三幕结构。按照惯例，银幕上一分钟，剧本一页纸。两个小时电影就是120页纸。第一幕，25—30分钟；第二幕，60分钟；第三幕，30分钟。观众，故事里看故事；作者，故事外看故事。所有的故事几乎都一样，回家的故事，成长的故事，一段旅程。一部电影里面，如果某个角色没有变化，那他一定是“坏人”；如果从头到尾有变化，那就是“好人”。坏人从不觉得自己是坏人。人物不是在好事与坏事之间做选择，而是在一件坏事与另一件坏事间选择，人物性格自然塑造出来了。剧本要符合文化心理及社会期待，要有端正的价值观。

最近一堂课来自作家、太湖杂志副社长麦阁的《阅读带给我们的可能性》，她的讲课特别有诗意。

我们看过的书，长成为我们的思想、情感和思维，变成我们意识的一部分，对我们今后的事业、工作、生活很有帮助。人们常说相由心生，30 岁以前的容颜是父母给的，30 岁之后的模样是自己修来的。阅读反映在你的身上，成为你的气质。朋友可以寄托，也可以放手，而我们读过的书绝不会背叛我们。它让思想更远大、生命更充沛，让我们在阅读中找到更好的自己！做一个内心有光，精神明亮的人。

“面对碎片化阅读，我们可以拒绝。我们有不知情的权利。”

“我们可以读不喜欢或不被认可的文字。”

“行万里路，见一万个人。”

“写作不到一定火候不勉强。”

这一堂课听得我意犹未尽，也解答了我许多困惑，为我今后写作开启了一扇窗。

第四辑　从未离开过

亮仔

单位报到第一天，师傅把我领进宿舍。房间里摆放着两张床、两个柜子、两张写字台、两把椅子。我心里犯了嘀咕“怎么都是二啊。”一扇朝南大窗户干净明亮，正对着院子里的大松树，树杈向四周伸展，像一把撑开的大伞。

靠门单人床上躺着一个人，他听见动静“噌”地一下子跳出来。师傅指着我对他说：“亮仔，这是你的新同事。”我这才看清楚他的脸，肥嘟嘟的，五官长得眉清目秀。亮仔向我伸出手，我迎上去，连忙说：“抱歉了！”“昨晚值夜班，让你惊了我的好梦了！”他一脸倦意地打趣道。

“你抽烟吗？”他突然蹦出话来，“我不抽烟，我不抽烟！”我脱口而出。他的神经立马缓和下来，显然他对我的回答很满意。“我老烟枪了，抽了 22 年，小孩都这么高了！”亮仔抬起手做出一个身高的姿势，继续说道，“刚戒掉不久，很担心新来的同事抽烟。抽烟的瘾头要被吊出来的。”

大部分人说戒烟，只是打个嘴仗，实际上熬夜越多烟瘾越大，少不了用香烟压压惊。反正打头一次见面，没见他碰过烟。他的口袋里不经意间会摸出一块糖出来，有时又看他手里拿了一把瓜子。人家递烟过来，他总是摆摆手。我心里特别佩服他。面对各种复杂情况，就算他烟瘾发作，我也是能理解的。

亮仔在基层待过，一线的“老黄牛”。巡逻，出现场，每天平凡而殷实。我发现他的一个小秘密，猪蹄汤他从不碰。在我的百般追问下他才道出实情。某年夏天，运河里出了个案子，河面漂浮着一具尸体，他负责现场打捞。热浪席卷着尸臭味直往他的鼻孔里钻，整个人胃里顿时翻江倒海。尸体被水浸泡高度腐烂，浑身爬满蛆虫，他和同事花了半个多小时才将尸体打捞上岸。“在生死面前，其他一切都是浮云。”他常把这句话挂在嘴边。所以眼前再大的风浪，他的内心始终坚毅。他也遇到过一些悲伤的故事。某中年男子的母亲查出癌症，家里人聚在一起商量。母亲不表态，一个声音砸锅卖铁医治，其他人默不作声，意欲放弃治疗。第二天，母亲跳河自尽，岸边衣服、鞋子叠放得整整齐齐。那几天亮仔像是变了一个人，整天不说话，过了好一阵子才缓过来。

亮仔平时话不多，我俩值班的时候像是洞穴里的两只猫头鹰相互瞪着。另一班还有强哥和蔡兄，他们的眼神敏锐如秃鹰。亮仔的名字在墙上天天挂着，“对党忠诚，服务人民；执法公正，纪律严明”，知道他的人莞尔一笑。“亮仔”的绰号是我给他起的，他也没有表示异议。

每天坚守岗位，对父母、儿子疏于照顾，亮仔心存愧疚，但他无怨无悔。“青春里的呼啸奔跑、颠沛流离，从没有多少对错和道理，‘值得’两字可至亲也可至重，度量全在人心。”（摘自《我知道你终将闪耀》）单位食堂的面条和白米粥暖胃又暖心，深深滋养着我们的忠诚魂。亮仔跟我说起他的青春故事。老家盐城滨海，年少时来无锡求学，毕业并没有从事所学专业的行业，而是去了外企。工作时搬动重物闪了腰，重新安排在质检。坐了三年的马桶盖，阅读了大量书籍，手游水平也连番升级。这样的生活不是他想要的。后来亮仔娶妻生子，六年前应聘到现在单位。“兢兢业业勤耕耘，默默无闻做奉献。”这句话像明灯照亮他前行的道路，和基层一线的兄弟并肩作战，用行动和忠诚书写各自的藏蓝情怀。亮仔业余喜欢唱歌，诗性来了，吟上几句。平时他看的书让我望尘莫及，《王阳明》《黄帝内经》《养生书》，颇有思想家、哲学家遗风。强哥说：“我对亮仔的崇拜犹如滔滔江水延绵不绝。”世界不完美，他的打油诗让无常的生活妙趣横生。

一

无人烟处寻年味，
方知山里无年岁。
看尽一湖冬雨寒，
始觉身边最珍贵。

二

昨夜一碗酒，
今晨一壶茶。
听听树上鸟，
看看小野花。

他的神来之笔都是日常工作生活中的偶得，烟火气息扑面而来。

亮仔夫妇想要二胎，最好生个女儿，凑成一个“好”字。老婆肚子没动静，他的肚子倒越来越大。老婆给他下了减肥的死命令。有一阵下班后我天天看到亮仔去体育公园跑步，从八百米慢慢增加到两千米。过了两个月，跑道上又找不到他的影子了。买房，看美国大选，这些变成了他的日常。

亮仔深爱着这身藏青色，他常说只要单位需要，一定会做到退休为止。

你的父亲不是超人

你的父亲是名警察，这是你和别人最大的不同。

在你三岁的时候，他把你举过头顶，洗澡、吃饭、睡觉你都要屁颠屁颠跟着。你睡着后，他真的在你眼皮底下跑了。天快黑的时候，你在家门口候着。他却迟迟不出现。你又牵着妈妈的手去小区门口堵截，看到头戴国徽帽，身穿藏蓝色的叔叔的背影，你跑上去就叫爸爸，可当背影回过头来，冲你微笑，你才发现原来不是。可他为什么会和爸爸穿一样的制服呢？

当你六岁的时候，你问妈妈最多的问题是："爸爸去哪了？爸爸今天回来吗？"睡前再问一遍："爸爸回来了吗？"因为他经常会在你睡着后才回家，而在你还没睡醒的时候就又出发了。所以你好像总是见不到他。你的父亲总是信誓旦旦给你承诺，但最终兑现的屈指可数。他经常在值班、加班、执勤、出差、办案，几乎所有的节日都在上班。你和妈妈天天盼望他能够多点时间回家。除夕夜全家人坐在一起吃团圆饭的时候，你的父亲还在单位。

看着窗外的烟火，你嘴上抱怨心里却自豪。午夜钟声敲响那刻，你这个小小的人儿心里却藏着大大的愿望，那就是世界和平，大家生活安宁。不为别的，只为爸爸能多陪你玩耍。

在你的梦里，你们父子总在一起。他教你昂首挺胸，阔步向前，他默默给你撑起一片天，为你挡下身后的风霜雨雪。上学了，开家长会，他从来都是缺席，偶尔关心你，作业是否做完了？告诉你，要好好读书，要做个阳光正直的人。别的同学都有爸爸来接送上下学，而你却经常一个人坐公交回家，心里尽管有些许委屈，但当看到路上忙着指挥交通的警察叔叔，你似乎明白了。

长大后，你想知道答案。“为什么选择警察这个职业？”你会用一生来回答，你和许多人一样，被人民警察的一身正气感染着、鼓舞着。而这股力量已在你心里扎根生长，于是你毫不犹豫地做了决定，像爸爸一样，成为一名光荣的人民警察，也和千千万万警察一起为了国家，为了人民。

你的父亲不是超人，他食人间烟火，也有七情六欲。但穿上这身藏青色，代表着沉甸甸的责任与担当，意味着奉献和牺牲。如今你的父亲两鬓斑白，腰身不再那么挺，背也不再那么直，越来越显老。而你们有了共同的信念和战场，世界上总有阳光照不到的地方，但共同的职业信仰却可以照亮你们一起前进的方向。你的父亲不再孤单，你们并肩作战，你可以一如从前他守护你般守护着他和“家”。

回忆是一种味道

我在心里不止一次问过自己，假如有一天脱下藏蓝，不得不和单位告别，心里会有什么特别想念的地方，特别挂念的人和特别怀念的事？

回忆被我反复咀嚼。我拍了拍油光发亮的脑门，捋了捋寥若晨星的华发，容我再想想……它不是一个地方，也不纯粹是一种声音，而是一种味道。

吃了几年的单位食堂，才练就你的英勇机智、警威尽显。食堂的人情味，走到哪也不过气。一个笑容、一句话、一个举动，暖到心窝。而你早已习惯从热气腾腾的早面里捞起满满正能量的一天。

“人是铁，饭是钢，一顿不吃饿得慌！”吃饱吃好了才有战斗力，才能从容应对案牍劳形的日常。

胃都抓住了，心还跑得掉吗？遇到好的食堂，每天都像是在过节。它给你的减肥之路设置重重障碍，当然你是无辜的，全赖食堂。你的苗条，食堂也“功不可没”。

食堂的酸辣汤，满满一口都是料。等待也是幸福的。一个月一次的椒盐烤鸭，闭上眼睛都想，外香里嫩，入口酥脆，越吃越过瘾。老李，一只不够啊！啃了它，光芒四射，足下生辉，“冲啊！”撸起袖子加油干，丑小鸭蜕变成白天鹅。

一半距离、一半回忆，还是会被它诱惑着。当然，我也不会忘记爱啃鸭腿的你！那些轻描淡写的侠骨柔情，甜到忧伤。

镜头一：

若干年后两人在太湖大道相遇。

“嘿，水上的吗？”

“嗯！”

“暗号？”

“春江水暖鸭先知。”

“此物最相思！”

“兄台，好久不见！”

两个陌生人竟然拥抱在了一起。

镜头二：

还有一种可能性。捧着各自的饭碗，啃鸭腿直到退休的那一天！不，到牙齿掉光，躺在养老院的摇椅上，只能馋着，假牙在茶几上蠢蠢欲动，哈喇子直流，再也咬不动了！炸好的椒盐鸭腿飞走了。

天下唯爱和美食不可辜负。对我们而言，穿上这一身藏蓝，每一位群众都是“亲密爱人”，唯有使命和责任不可辜负。

从未离开过

如果说生命是一条奔腾不息的河流，波澜壮阔的大海一定是它的理想国。在漫长的奔流中，难免有漏洞，难免会遇到险滩激流。别哭，别怕，请抬起头，你看到天空中那抹纯净的蓝色了吗？那是我永恒的色彩，请你把它珍藏好。

那道蓝光不会让你迷失在沼泽。它陪你吃苦受累，为你挡风遮雨，为你克服一切艰难险阻，让你尽情拥抱生命中的阳光和雨露！蔚蓝的大海就是我们，用真心和热血，托起生命之光，咆哮吧，沸腾吧，奏起激情澎湃的乐章，乘风破浪奔涌向前方！

那些生命里创造的传奇，人性里的善良和纯真哪怕在逆境绝境中也会闪耀万丈光芒！枕戈待旦，夙兴夜寐。一如我偷偷爱着你，忠诚守护你，此生无悔。你从不孤单，在这个世界上，始终有我陪你左右，与你一路同行。你是我的光，我是你的影。

一滴水折射出太阳的光辉，爱是人世间最美丽的语言。我爱你，我把青春和热血都献给你，我愿意为此奋斗终生。谢谢你，因为你的存在让我更爱这个世界。你的幸福对我很重要。我愿意为你奉献我的一切，不求你回报一分。因为有你，我才觉得自己是世界上最幸福的那个人。我找到了人生使命，而使命也找到了它需要的人。那些不能击垮我的东西让我变得更加强大！请让我为你点亮寒夜里那一盏温暖的灯，照亮你前行的路，让黑暗不敢再靠近。把你的手放在我掌心，我翻过高山越过大海护送你到达幸福的彼岸。

真情似海爱如火，你在我的身边我才安心。生命中每个漏洞，我都加倍补漏。我从未离开过，蜿蜒的河流如逆水行舟，其实是你推着我走。你的喜怒哀乐，牵动我的心。你快乐我才快乐，你忧愁我难过。

剪一段时光，让它慢慢流淌；掬一轮明月，雕琢一枚平安扣挂在你胸前。我们一直在你身边！

因为信任，所以不敢辜负

成为无锡警官合唱团其中一员，对我来说简直做梦一样。听闻合唱团自成立以来赢得警营内外高度赞誉，省厅各大演出，无锡警官合唱团是必去单位。合唱团里卧虎藏龙，女团长部队出身带队以严厉出名。

我想合唱就是很多人一起唱歌，一件极美好的事情。第一次参加排练，我的心里充满新鲜感。声乐基础训练蒋老师站在一面镜子墙前，指导我们发声练习。“呜”“嗯”“啊”，我看着镜子里自己的嘴形，再对照镜子里老团员的嘴形，心里顿时产生一阵慌张。我没有乐谱，身旁的老团员将谱子往我身前靠。排练的当中，一位扎着马尾辫的高个女老师不时走来走去，她用犀利的眼神扫视全场。她的眼珠像是一对乌黑的算盘珠，我是不敢和她对视的。这就是传说中的詹团长，无锡警官合唱团的灵魂人物。

每次训练詹团长一出现，我紧绷的神经像上了弦一样，时刻要拉着，生怕一松就会出错。队伍的队形，团员的站姿、站位，眼神、表情，在她眼里容不得一丝一毫偏差。“合唱与独唱的不同，没有‘我’，只有‘我们’。”詹团长的这句话点醒了我。团员排练当中，她用手机把每个团员演唱时的嘴形录下来，发现嘴形不对的，演唱结束后立马一个个单独指出来。她还不时站在队伍里，侧着耳朵倾听，谁的声线掉了，她立马甄别出，然后及时纠正到位。在她的课堂上，没有容错率。训练的时候，她一板一眼，大大颠覆了我对合唱团的美好想象。

詹团长经常把“服从命令，听从指挥”挂在嘴边，训练中的詹团长严厉到几乎苛刻，训练之外又完全换了个人一样。我脑海里蹦出八个字——“心有猛虎，细嗅蔷薇”，可以很好地形容她。

课间小品曲目展示的时候，我们男团唱了一曲《同桌的你》。詹团长甩了甩她那乌黑亮丽的秀发，“音准很好，演唱的情绪欠了点，我已长发齐腰，似乎没有特别感动噢！”于是所有男团员很自觉地再来一遍，继续排练《同桌的你》。排练课间，有团员身体不适，她上前嘘寒问暖，命令她及时休息。年底报告会，团员去录音棚录歌，詹团长悉心指导，亲自示范，晚餐她和团员匆匆扒完盒饭继续“战斗”。录完已是深夜，她把团员一个个送上车，最后才离开。团员一个个到家报平安，她才放心。每当去外地演出，出发前她总是提醒行程中多加照顾晕车的团员。到达后事无巨细安排得井井有条，简直无可挑剔。团员工作生活上遇到烦恼挫折，不论家长里短大事小情，只要告诉她，她都不遗余力，心理咨询师的她引导大家互相帮助，彼此温暖，就像一家人那样。詹团长一直被需要、被信任，她就像太阳，温暖着整个团队。

合唱团百十来号人，团员们来自各个单位各个岗位，从50后到90后。在很多人眼里，合唱团就是去唱唱歌，然后有机会外出交流，很轻松的一件事情。其实并非如此，我入合唱团不久，就有幸参加了省厅的演出，与想象中的完全不一样。

刚到演出单位，詹团长就宣布演出纪律：“外出老规矩，不准离开驻地。”她对新团员反复强调：“我们合唱团是有组织有纪律的部队。”我心里正打算借此次演出机会和南京的老朋友叙叙旧，团长一句话就把我的念头浇灭了。光是台上排列队形，上下场，合灯光，试音响，就花了三个多小时，晚会导演和詹团长一起揣摩构思，力求最佳的队列打响演出头阵，充分展现公安队伍的精气神。正式演出开始，导演喊倒计时，整个舞台黑下来，伴奏响起，我眼前的世界瞬间亮了。所有团员目视前方，靠自己的心，用自己的耳朵，捕捉音律的节奏。表演曲目现场连唱两遍。灯光打在脸上热辣辣的，我的双脚发麻，额头、手心全都冒着汗。“台上一分钟台下十年功”，此刻我对这句话深有感触。对我们而言，演出没有彩排，每一次都是现场直播。排练的时候团员们一站就是几个小时，汗流浃背，腿脚发麻，没有一个人喊苦喊累。詹团长一步也不离开我们的视线，及时纠正我们动作上的小瑕疵，诸如帽子没戴正，间隔距离过疏或过密，舞台上那个严苛的詹团长又回来了。

出门在外，我是认床的，可是排练第一晚上，十点多回到房间，倒下去我就直接打呼噜，这真是稀奇事，睁开眼已经是第二天早上七点一刻。

演出休息间隙，团员们围坐在一起相互交流。老团员们对我们新人特别关照，我们也会向前辈请教演出经验。他们在我们身上看到了初入合唱团时的自己，老团员不由得说起合唱团曾经刻骨铭心的演出经历。

中央电视台音乐频道《歌声与微笑》节目组来无锡拍摄，警官合唱团接受录制任务。那天无锡上空乌云密布，大雨瓢泼而下。詹团长站在雨里指挥，所有团员一动也不动深情演绎，整整两个小时。全场除了机器设备，全部淋在雨里。冬雨夹着寒风异常凄冷，团员身着单薄演出服台风稳健丝毫不受影响，录完之后全身湿透。女团员一低头，帽檐上的雨水如“瀑布”哗的一声倾泻下来。自始至终，团员们没有一句抱怨。中央电视台导演在现场无不动容地说：“敬佩啊！无锡警官合唱团！牛！”团员们回到家熬生姜红糖水喝，第二天继续回单位坚守工作岗位。

参演任务时，合唱团迎酷暑战严寒，一年四季风雨无阻。其间的酸甜苦辣只有詹团长和她的合唱团成员知道。这个团队有很强的凝聚力，各界评价无锡警官合唱团“特别能吃苦，特别能战斗”。多年来合唱团参与各种比赛、报告会、慰问演出，台上台下体现着极好的纪律素养。每次演出结束后，团员们把用过的化妆间收拾得干干净净，所有东西摆放得整整齐齐，就像没有人来过一样。保洁阿姨竖起大拇指夸赞：“无锡警官合唱团了不起！”这样的经历老团员都不愿意多提起，说出来他们觉得矫情。

合唱团组建第一年，就举办了专场合唱音乐会。首都警官合唱团派员助演。现场演唱《共和国之恋》《大漠之夜》《乘着歌声的翅膀》《少年壮志不言愁》《友谊地久天长》等20多首中外经典曲子，从集训到登台演绎，团员们克服诸多困难，认真排练，以最好的精神状态和奋进的气势投入其中。从上场到谢幕，团员们精确到秒。这场演出一直被老团员们津津乐道。在中央交响乐团指挥老师的排练指导下，合唱团还完成了高难度《黄河大合唱》全套曲目的演唱。

这些演出背后的故事，观众不可能会知道。如果我没有加入合唱团，我也体会不到当中的艰辛。回想詹团长的严苛，她还不是为了合唱团在舞台上有更好的表现。当观众掌声响起，当上级领导对合唱团给予高度评价和充分肯定，我对詹团长对合唱团才有了更深刻全面的认识。

合唱团经过几年的成长，团员之间结下深厚的战斗情谊，积累了丰富的舞台经验，共同完成了多项演出任务。在合唱团大家找到了荣誉感和归属感。每个团员都想着能为合唱团做点什么，每个人用歌声去表达这份爱。合唱团从一棵小树苗长成参天大树，为无锡公安文化建设增添一抹亮绿。合唱团取得的辉煌成绩，离不开各级领导的关怀，离不开务实有效的组织领导。合唱团积极营造健康警营文化，又把警营文化成果转化为公安工作战斗力，充分展示无锡公安队伍的良好形象，也是文化自信理念在无锡公安队伍中的自觉行动。

无锡警官合唱团这样一支凝聚警心的队伍，无不饱含着每个团员对公安工作的情怀，对合唱爱好的坚持，特别是合唱团的领头羊——詹团长，她心里装着合唱团，包容着每一名团员，她把部队的光荣传统和优良作风融入合唱团。

面对荣誉和成功，詹团长语重心长地说：“合唱团是一个整体，因为被大家信任，所以我不敢辜负。”合唱团团员们因为被组织信任，所以不会辜负。大家为警队而歌，为荣誉而战。如果说合唱团是一团火，詹团长就是用情用义点燃火把的那个人。

后　记

欠下的春光一定会补上

写作，是为了更好地记录活着，或者它就是生活的本身。

语感的培养，我有一种强烈的紧迫感。生活给了我一些可能性。我像个厨师，用文字做出一道道菜。感觉来了的时候，就一个字一个字敲出来。它们不在我的现实里，也不在我的记忆里，它们是我情绪的孩子，我有点忐忑，迎接它们的到来我做了那么多功课，可真正来到我面前，又不知该给它们何种身份，连名字也没取。

2020 年谁也抹杀不掉，它不招人喜欢。我以文字的方式纪念它，那些苦痛的经历将来也会反复念及。这一年欠下的春光，未来一定会补上。

“文学是弱者的伟业。”交出去的文字，有多少天真、执拗、客观或主观，自己也要静下来反思。房间里死掉的空气，影响情绪的蔓延。有时恨不得把自己写的东西扔到垃圾桶里去。那些泥沙俱下的未经打磨的文字，每一个字我都想掐死它。文学不是我这样的胡扯。对每个汉字、每个标点符号，起码的尊重都没有，它们背叛我，活该。

时间是一条线索。我沿着它向上游弋，文字如野蛮人在空白扉页上跑，所有人躲着，这都不值一提。遇见死胡同更是常有的事，花在“失败”上的时间远远多过花在“胜利”上。那些沉沦的日子跌跌撞撞，我几乎想要放弃，咬咬牙继续前进。

2020 年恍惚间已过去，有惊无险。过去的十年，过去的廿年，犹如白驹过隙，每个人都度过了同样的时间，怀里收获不一样的“礼物”。

在永乐街，所有情绪得到极致宣泄。谨以此书纪念波澜不惊的 2020 年。

致谢

此书能够顺利出版，由衷感谢凌翔主编和他的幕后团队。

感谢周国忠先生，此时此刻难以用文字表达。

感谢黑陶先生给予中肯建议及勉励。

特别鸣谢陈皓先生，尽管我时不时要和他“作对”。

2021.04